誘惑は蜜の味

ダイアナ・ハミルトン
三好陽子 訳

ハーレクイン
SP文庫

A HONEYED SEDUCTION

by Diana Hamilton

Published by Harlequin Japan,
a Division of K.K. HarperCollins Japan, 2024

ダイアナ・ハミルトン

イギリスの作家。ロマンチストで、一目で恋に落ち結ばれた夫との間に3人の子供をもうけた。就寝前の子供たちにベッドで読み聞かせるために物語を書きはじめる。ロマンス小説家としてのデビューは1987年で、その後数多くの名作を世に送る。2009年5月、ファンや作家仲間に惜しまれつつ亡くなった。

◆主要登場人物

チェルシー・バイナー……広告代理店TV広告部部長つきのアシスタント。
マイルズ・ロバーツ……チェルシーの上司。
ジョアニー……チェルシーの妹。
クイン・ライダー……チェルシーのアパートメントの住人。
エレイン・ライダー……クインの母親。
エリカ、キャシー……クインの妹たち。
エリー・クランフォース……モンクスノートンのライダー家の使用人。

1

「これはいい。いけるよ」コマーシャル・フィルム制作スタッフのチーフである、のっぽのジェイク・プレストンが断言した。今、香水〈ファボリジ〉の六本シリーズのコマーシャルのラスト部分が、ビデオスクリーンから消えたところだ。「明日会社のトップたちがこのフィルムを見たら、君はたちまち今月のスターになるよ」

「そうだといいけど」チェルシーは無理に笑顔をつくった。うわの空なことがばれなければいいがと思う。胸の中が怒りで煮えくり返っているとき、何かに集中するのはむずかしい。こんなに自分を無力に感じたのは、生まれて初めてだ。

チェルシーが、トリプルA――エイヴリー広告代理店《アドバタイジングエージェンシー》の頭文字を三つ取って、そう呼ばれている――のためにせっせと増やしている顧客リストに、一流の香水〈ファボリジ〉を加えられたということは、仕事の実績において誇りとなるものであり、彼女の並々ならぬ意欲と野心、献身を示すものだった。

実際、スケジュールを決め、必ず締め切りに間に合うように気を配り、話し合い、討論し、ぎりぎりの予算内でおさめるよう留意し、マーケット・リサーチを依頼し、新しい顧客を開拓し、常にプレッシャーを感じつつ、追い越し車線を走るような生活をしている。だが、そんなささいな能力は基本的には考慮されないのだと、今回思い知らされた。「ミス・バイナー」小さなビデオルームのドアから秘書が顔を出した。「電話よ、あなたの上司から」

「レセプションで取るわ」自分のオフィスに戻る気にはならなかった。そこは上司のマイルズ・ロバーツの部屋と隣り合っているからだ。今日もう一度彼の顔を見たら、殺してしまうかもしれない。電話で話すのが精いっぱいだ。

「今日はもう帰っていいよ」マイルズが電話の向こうで言った。これまでなぜ、彼の声のねちっこさに気づかなかったのだろうと思う。「今夜のデートの約束を忘れるな。例のライダー・ジェムのパーティーだ。目いっぱいきれいにして来てくれよ。なにしろ大御所がお出ましだからな。ライダー・ジェムのオーナー会長の……」

「そんなパーティー、出席しても時間の無駄だと思いますけど」チェルシーはつっけんどんに言った。それは二日ほど前マイルズが、ライダー・ジェムの〈マンハッタン〉売り出し記念パーティーに出る話をしたときにも言ったことだ。〈マンハッタン〉とは、最高級で、おそらく目をむくほど高価な宝飾品の新シリーズの名前だった。

今はともかくマイルズと顔を合わせたくない。冷静になって、今日の午後の彼の不愉快な提案にどう対処するかの結論を出すまでは。

「いや、無駄じゃないね。ライダー・ジェムは今まで広告業務を社内で扱ってきたが、トップがその部署の切り離しを考えているという噂《うわさ》があるんだ。となると大きな穴があく。僕の勘では、どうも役員会は自社の広告部門を閉鎖して、外の独立した広告代理店を探すつもりらしい。もしそうなら、トリプルAを最前列にすべり込ませたい。第一、僕はこの招待状を手に入れるために血の汗を流したんだぜ」

もしそれが事実なら、今夜のパーティーには行く価値がある。マイルズと一緒に夜を過ごすなんてほんとうは一番したくないことだけど、でも断るわけにはいかない。今の私には、どんな小さな減点も許されないのだから。

「そのあとで食事をしよう。そしてさっきの提案について話し合おうじゃないか。きっと楽しいぞ。じゃ、六時半に迎えに行くからな」

マイルズが舌なめずりしているのが見えるようで、胃のあたりがむかむかした。「どうぞお気づかいなく。直接会場へ行きますから。では、そのときに」チェルシーはがちゃんと受話器を置いた。

早く帰ることには異存はない。腹が立ちすぎていて仕事に集中できそうもないし、時間があれば、マイルズ・ロバーツの屈辱的な提案をどうやったら一番効果的にきっぱりと断れるか頭をしぼることができる――彼を完全に敵に回すことなしに。いくらそうしたくても、今の私の立場ではできないのだから。

トリプルAが二つのフロアを占める、ガラスとスチールの高層ビルから一歩外に出ると、六月の太陽がロンドンの歩道を照らしていた。十分ほど歩いて、新しく開発された川べりの住宅地に着く。活気あふれる都市の中心にあるにしては、比較的静かな地区だ。

チェルシーは記録的な速さで家までたどり着いた。女性にしては背が高いので、セージグリーンの麻のタイトスカートと、細いハイヒールに邪魔されていても、歩幅が大きいのだ。自分が過度に緊張し、肩をいからせているのがわかる。吸った息が肺の中で燃え、怒りがエネルギーに変わっていくようだ。

後ろにひっつめた、つややかで真夜中の空のように漆黒の髪の生え際にも、汗が噴き出している。グレイハウンド犬のようにスリムな体全体が、貪欲《どんよく》な手につかまれているように、こちこちにこわばっている。

リラックスしなければと思い、チェルシーはあたりを少しぶらついてみた。個人所有の桟橋につながれた大型モーターボートの塗り立てのペンキ部分や、テムズ川のさざ波に太陽光線が当たってきらめいている。頭上を旋回するかもめが、ずっと昔の海べりでの休暇を思い出させた。両親が最終的に別れる前の最後の休みだった。チェルシーは固い意志でその記憶を脇《わき》へ押しやり、真新しい、立派なアパートメントへ向かう歩道を歩いていった。

三階の、小さいけれど贅沢《ぜいたく》な部屋を買うために、実際のところ魂を抵当に入れたと言ってもいい。

もしマイルズ・ロバーツに、彼の〝提案〟についてどう思うかをはっきり言ってやったら、私はこうしたものすべてにさよならしなければならない。一階の高級ブティックやコーヒーショップの前を通ってエレベーターに向かうチェルシーの心は、千々に乱れていた。マイルズは頭の古いトリプルAの社長にうまく取り入っている。チェルシーを降格させる――あるいは首にする――には、よりすぐった言葉を二、三、社長の耳に入れればいいだけだ。

歯ぎしりしながら、チェルシーは地下から上ってくるエレベーターを待った。ドアがかすかな音をたててなめらかに開いたとき、中にいた一人きりの乗客があいさつした。「やあ、かわいこちゃん。ゲームの基本を教える約束はどうなった?」

彼はスカッシュの話をしてるんだわ――そうでなきゃ困るしね。彼のユーモラスな琥珀《こはく》色の目に、チェルシーは少し心が温かくなった。

「私にはちょっとエネルギッシュすぎるみたいよ、クイン」チェルシーはほほ笑んで受け流し、エレベーターに乗り込んだ。ドアが閉まって、二人を閉じ込める。クインは地下にある広くて設備のすばらしいジムからの帰りらしい。もしチェルシーが男性に対して無感動でなかったら、短いショートパンツとぴったりしたTシャツ姿の、引き締まったしなやかな体から発散する抑えたパワーに、心の平安を乱されたかもしれない。

「僕とプレイしてみなよ、かわいこちゃん。疲れるより、リラックスできるぞ。保証する」クインは真っ白な歯をむき出して、のんきそうにほほ笑んだ。きちんと刈り込まれた真っ黒な髪と同じ色の、カールしたまつげに囲まれた琥珀色の目は、ビジネスライクなスーツを着込んだチェルシーの体を遠慮なくながめている。

彼はまだスカッシュの話をしてるんだわ。もちろんそうよ。だって彼はおつむの弱い、派手なブロンドを好むタイプだもの。控えめなテイラードスーツを着た、仕事に生き、野心に燃える女に言い寄ったりは絶対しないわ。ほんとに気楽そうな人。のんびりしていて、いつもくつろいでいて、チェルシーが毎日仕事場で出会う情け容赦ない男たちとは、天と地ほどにも違う。

こういう気さくな雰囲気だから彼とは話しやすいのだろう。もっとも、彼とたいしてつき合いがあるわけではないけれど。そう急いで考え直しながら、チェルシーは、なぜ急にこの人のことを意識し始めたのだろうと思った。たぶん狭い空間で、彼の背の高さや肩幅の広さに圧倒されたせいだろう。

「上でコーヒーでもどう？　冷たいものがよければ、それでもいいよ」彼が誘った。

クインとは一度、二週間ほど前の日曜の朝、一階のレストランでコーヒーを飲んだことがある。温水プールを利用していたのが二人だけだったので、自然に話をし、コーヒーとクロワッサンを前に会話の続きをしようということになったのだ。でも今日は、チェルシーはかぶりを振った。

「いろいろあって。またいつかね」エレベーターが自分の階に止まったので、彼女は思わず安堵《あんど》のため息をついた。

チェルシーはクインと目を合わさずにエレベーターを降りた。無事自分の部屋に戻ったとき、遅まきながら彼女は自分の頭の働きの鈍さに気がついた。

こんなチャンスを逃すなんて私らしくない。偶然の一致だが、最上階にあるペントハウスは、あの歴史の古い国際的な宝石商、ライダー・ジェムの所有なのだ。海外の顧客や取引先に、都心の高級な宿泊施設を提供するために確保してあるらしい。少なくとも、そういう噂だ。

クインは――チェルシーは彼の名字を知らなかった――この数週間ほど、そのペントハウスに住んでいる。彼が外国の宝石商でないのは確かだ。たぶんライダー家にかかわりのある人間なのだろう。おそらく一族のはみ出し者に違いない。個人所有の会社ライダー・ジェムに寄食して、のらりくらりと暮らしているんだわ。ライダー・ファミリーの成功と富は伝説的でさえあるから、はみ出し者を一人養うぐらい、なんてことはないのだろう。

もしそうなら、そしてその可能性は非常に大きいが、クインの誘いに乗ってコーヒーをごちそうになり、ライダー・ジェムが広告部門を切り離すという噂はほんとうかどうかき出せばよかった。マイルズが今夜のパーティーにぜひとも出席しなければと思っているのも、そのためなのだから。はみ出し者のクインなら、事業にかかわっている一族のほかのメンバーがもらさない秘密も気軽に教えてくれたかもしれない。

だけど今日の午後の出来事であまりにも頭にきていたから、そこまで気が回らなかった。チェルシーは、トリプルAのTV広告部部長のアシスタントという現在の地位を、懸命な努力と仕事への献身によって手に入れた。でもマイルズ・ロバーツは、彼とベッドをともにしないかぎり、それ以上の昇進はできないと言う。それを聞いたときのショックは、並大抵のものではなかった。


二時間後チェルシーは、なんの解決法も見つけられない自分に腹を立てながら、パーティーの催されるロンドンの一流ホテルの前でタクシーを降りた。

彼女は顔をこわばらせたまま、広い階段を上っていった。考える時間がほしいので、エレベーターは使わなかった。マイルズ・ロバーツの下に配属されたのは二年前だ。コマーシャルのつくり方について、彼から多くのことを学んだ。彼によってチャンスが与えられることに感謝しつつ、それを両手でつかみ、自分自身でもチャンスをつくり、近ごろでは実質上、彼女がTV広告部を切り回していた。

もともと個人的には、マイルズのことがあまり好きでなかった。離婚する前からいろいろな女性とのつき合いを隠しもしなかったからだ。でも、だからといって一緒に仕事ができないわけではなかった。今朝マイルズが、拡大されるドキュメンタリー部の部長に昇格が決まったと言ったとき、チェルシーは、それによって空くことになる現在の彼のポストに自分がつけるよう、社長に推薦してほしいと頼んだのだった。

うぬぼれでなくチェルシーは、自分にそのポストに挑戦するだけの力があると思っていた。自分以上にふさわしい者はいないとも確信していた。だが同時に彼女は、社長という人間を知っていた。古いしきたりを守る男で、男尊女卑の考えが体にしみついている。彼の考えでは、女性は決してリーダーになれず、役員レベルには到達しないのだ。チェルシーは、自分にそのポストはふさわしいし、それだけの努力はしてきたと自負しているが、それでも、現部長のマイルズ・ロバーツに自分の味方をしてもらい、社長に強く推してもらわなければどうにもならないことも知っていた。

問題は、マイルズもそれをよく知っていることだ。彼はチェルシーの言い分を認めた。僕の後任に、君ほどふさわしい人物はいない。その点を社長に強調しよう。力は尽くすよ。ただし……。

チェルシーの顔は赤くほてった。贅をこらした化粧室に入って怒りを静める。昇進するための唯一の方法がマイルズ・ロバーツと寝ることだったら、いっそ首になったほうがいい！

しかしチェルシーは、頬のゆるんだマイルズの顔をひっぱたきたくてうずうずしながらも、どこかに別の方法があるはずだと考えていた。昇進のチャンスを永久につぶすほどにはマイルズを怒らせずに、なんとかあのいまわしい条件を引っ込めさせる方法が。

でも、そんな方法があるとしても、彼女にはさっぱり思いつかなかった。

自分が長いあいだ薄いばら色に染められた鏡をぼんやり見つめていたことに気づいて、チェルシーは急いでまばたきし、深く息を吸い込んだ。うぬぼれでもなんでもなく、なめらかな曲線を描く黒いカクテルドレスが、彼女をクールで洗練された女に見せていることを認める。深いV字のネックラインが、ほっそりした首を強調し、膝より少し上にきている裾《すそ》が、脚に同じ効果を与えている。

チェルシーは、黒いまつげに縁取られた、少しつり上がりぎみの深い青色の目のあいだにできたしわを伸ばし、肩をすくめた。しかたがないから、これから一時間、マイルズとつき合おう。でもそのあとで彼に、あなたとベッドをともにする気はない、自分で社長にアプローチすると言おう。役員会のほかのメンバーにもちゃんと自分を売り込んで。

それはマイルズのふくれ上がりすぎたうぬぼれをぺしゃんこにするだろう。それに過去の観察から、彼が意地悪なのも知っている。彼なら直接トップに、私の仕事ぶりには問題があると訴え、昇進できないようにすることも大いに考えられる。でも、ほかに方法が思いつかないんだもの。ただ歯を食いしばって、物事がいいように運ぶことを祈るばかりだ。

チェルシーは空虚なほほ笑みをはりつけてパーティーの催されているホールに入ってい

った。BGMが流れ、静かな話し声が聞こえる。会場にいる人たちの目は、新しい〈マンハッタン〉コレクションの宝石をつけたモデルたちに釘《くぎ》づけになっている。マイルズのずんぐりした姿と鉄灰色の頭を目にして、チェルシーの心は沈んだ。彼女に気づいたマイルズが流し目をよこす。

そもそも彼に推薦を頼んだりするんじゃなかった。でも、女性に関しては頭の固い社長のことを思えば、そうしたのも無理はないと思う。しかしマイルズの言葉は、あまりにも予想外だった。〝君が僕の下に配属されたときから、君のことが気に入ってたんだ。だけど氷山を前にしちゃ手も足も出ない。君を溶かす方法はないものかと、いつも考えてたんだ。だから、こうしようじゃないか。僕は君を推薦する。君のいいところを強調して、強力に推すよ。嘘《うそ》をつく必要はないんだからね。君が一番適任なのはわかっている。ただしお返しに、僕が望むだけのあいだ、僕のベッドを温めてほしいんだ。もし君が断っても、社長には進言する。ただしそれは、君のエレガントな首をはねて、この業界のどんなところにも二度と就職できなくなるような内容の進言だ〟

マイルズなら、ほんとうにやるだろう。そしてだれも、特に社長は、私の訴えに耳を貸さないだろう。なんとかこの状況から抜け出す手だてを考えなければ。マイルズに面目を失わせることなく、脅しを引っ込めさせる方法があったら……。

でもそんなものはどこにもない。マイルズがシャンパンのグラスを片手にやってくる。

彼は贅沢に装った客たちと直立した警備員たちのあいだを縫って歩く白服のウェイターが捧《ささ》げ持つトレイから、チェルシーのためにもう一つグラスを受け取った。

シャンパンを一口でも飲んだら頭がぼうっとしてしまうだろう。彼の〝提案〟をどうするか、今すぐマイルズに言ってやらなければならない。これ以上あんな男のそばにいることなど我慢できない！

そのときチェルシーは、クインが会場を横切るのを見かけた。心臓がどきりとした。そうだわ。そうすればいいのよ。何が悪いっていうの？

クインは、いつもの彼とは似ても似つかず、ずいぶん立派に見えた。エレガントなダークスーツが彼に威厳すら与えている。チェルシーは唇を噛《か》んで笑いをこらえた。いそうろうの彼は、きっとただのシャンパンとおいしい料理を目当てにやってきたんだわ。三十分もすれば今はきちんと結んであるネクタイをゆるめ、手近にいるきれいなお嬢さんを口説き始めてるわよ、きっと！　でも今は完璧《かんぺき》にしらふに見える。実体を知らない人が見たら、指導的立場に立つ人のように思うかもしれない。でもほんとうは、放蕩《ほうとう》者で、極楽とんぼで、人に頼って生きることになんの罪悪感も持たない、口のうまいプレイボーイなのよね。

でもあの人ならやってくれる。完璧にやってくれるわ！　これまでの会話で、彼にユーモアのセンスがあるのはわかっている。私の性格判断に間違いがなければ、彼はちょっとした遊びにつき合うのをいやがるような人じゃない。

「もう来ないのかと思ったよ」マイルズが横に来て言った。「だけど君は、それほど無分別じゃないものな。ばかなら、トリプルAでここまで上ってこられなかっただろう」彼はチェルシーの胸もとにちらりと目をやった。もしクインを見かけていなかったら、ここで選びに選んだ真実の言葉を二、三浴びせているところだ。チェルシーはマイルズが差し出すシャンパンのグラスをかたくなに無視し、彼の自慢げな話を半ばうわの空で聞いていた。「君が来るまでのあいだ、時間を無駄にはしなかったよ。僕の予想は正しかったらしいから、うちの社のことを少しばかり適切な相手の耳に入れておいた」

「ごめんなさい、マイルズ」チェルシーはさえぎった。「さっきの話の続きをする前に、会ってほしい人がいるんです」

彼女は甘ったるい口調でそう言った。気分がよくなり、ほっとしてもいた。私はマイルズと対決し、相手のしかけた罠《わな》を逆に利用し——そして勝つのだ。きっとうまくいく。

チェルシーはクインの姿に目を向けながら人々のあいだを縫っていった。彼のことを自分より二歳上の二十八ぐらいかと思っていたのは間違いかもしれない。重要そうな話題で話し込んでいる彼の顔は、厳しく断固としている。ありきたりなハンサムではなく、人に強い印象を与える魅力を漂わせている。そつのない都会派だと思っていたが意外にたくましい感じだ。厳しさ、権威といった印象からすると、年は三十代の半ばぐらいかもしれない。

もちろんどちらでもいいことだけど。クインが一緒にいたグループから離れたので、チェルシーはほっとした。これで人の会話に割り込んでいかなくてすむ。「クイン」チェルシーが呼びかけると、彼はゆっくりと振り向いた。最初ぽかんとしていた顔が、温かな、ゆったりした賛美の表情を浮かべる。

「チェルシー、これはうれしい驚きだな。ここまで僕を追いかけてきてくれたのかい？いや、それじゃうぬぼれが過ぎるってものかな？」彼のほほ笑みは圧倒的な影響を及ぼした。チェルシーは一瞬まぶしいほどの魅力に息を止めたが、すぐににっこりと笑い返した。クインがこれまで彼女の知っている、気さくで話しやすい男に戻ったのでほっとしたのだ。

一時的にかいま見えたあの危険でタフな印象は、私の思い違いだったんだわ。

「お願いがあるんだけど」チェルシーはなぜか息を切らしながら言った。そしてクインの目が探るように細められ、ほほ笑みがこわばって、用心深い嫌悪感のようなものが顔に浮かぶのを見てたじろいだ。

けれどもチェルシーは気を取り直した。私には失うものは何もないのだ。クインはいやなら断ればいいんだし、この方法は、少々問題はあるにしても、私に残された唯一の道なのだから。私の仕事は、今危機に直面している。でも私には仕事しかない。仕事は私の命だ。闘って守る価値のあるものだ。たとえその戦術が正攻法でなくても。

まわりの話し声は高くなっていた。シャンパンが行き渡り、招待された新聞や雑誌のカメラマンたちがときおりたくフラッシュが光り、モデルたちの優美な首や、細い手首につけられたすばらしい宝石が燦然《さんぜん》と輝いている。

クインは、ちょっとした芝居を打つことなどなんとも思わないおふざけ者だ。むしろ目的のない生活の退屈しのぎになると喜ぶかもしれない。チェルシーは自分にそう言い聞かせた。

「私の婚約者のふりをしてほしいの。結婚式も間近だっていうふうに。私があなたを上司に紹介するほんの少しのあいだだけでいいんだけど」

クインの目に完全にシャッターが下りた。まるで空白のページを見ているようだ。こんな反応は予想していなかった。共犯者めいたにやにや笑いや、おもしろそうだからぜひやろうじゃないか、という子供っぽいいたずら心を予想していたのだ。それを当てにもしていたのに。

「お願いします」チェルシーは最後にもう一度勇気をふりしぼった。「とても大事なことなの。二分間だけ、婚約者のふりをしてもらえればいいのよ。恩に着るわ」

クインの目が生気を取り戻した。彼はチェルシーのしなやかな体のラインをみだらな視線で一瞥《いちべつ》してから、ふくよかな唇に目を留め、それから自分自身の唇をゆがめた。チェルシーはこんなことを言い出さなければよかったと思いながら、そんな彼を戸惑いながら見つめていた。

「どのくらい恩に着てくれるのかな？」くっきりした黒い眉が上がる。チェルシーは不意をつかれてうろたえた。クインが彼女の肩に腕を回し、指で親しげに素肌を撫《な》でると、これまで経験したことのないようなセンセーションが体じゅうを駆けめぐった。それをどう押しとどめていいかわからず、途方に暮れる。

「リラックスしろよ、かわいこちゃん。そんなに大事なことなら、協力しようじゃないか。そいつのところへ連れていってくれ。ただし僕は、もうじき結婚する予定の男の中では、相手にぞっこんほれている部類に入るからそのつもりで」彼の目は今や、人に催眠術をかけるような金色になっている。チェルシーは、自分が小難を避けようとして大難に陥ったのではないかという、理屈に合わない恐れをいだいた。そしてクインが耳に口を近づけてささやいたときは、さらにその感を深くした。「君のほうも同様に頼むよ。約束どおり恩返しをしてくれるときにはね！」

2

ないぞ！」

「婚約？」マイルズが素《す》っ頓狂《とんきょう》な声をあげた。「君が結婚するなんて、だれからも聞いて

彼はたった今、地球は平たいと聞かされたような顔をしている。〝信じられない〟などというのは穏やかすぎる表現だ。まるで彼は、すべて茶番劇だと見通しているようだ。彼を納得させるために何か言うか、するかしなければならない。チェルシーが何を言おうかと必死で頭をめぐらせていると、クインが横から口を出した。かすれた、チェルシーの考えからすると大きすぎる声だ。「そうなんですよ。なるべく早くと思ってます。もう待ちきれなくてね」彼はチェルシーをしなやかでパワフルな体に抱き寄せ、あごを持って彼女の目をじっと見つめた。「僕たち二人ともなんです。そうだよね、ダーリン？」

なんと答えればいいのだろう？　クインの手はあごを離れてウエストに下がり、またゆっくりと上がっていく――紛れもなくエロティックに。チェルシーは顔を真っ赤にした。今にも怒りが爆発しそうだ。でもこういう状況下では、歯を食いしばり、ぶざまなかすれ

声であいづちを打つほかなかった。

「僕の幸運を祝ってくれないんですか、ミスター・ロバーツ?」クインがよどみなく言った。片方の手がチェルシーの左胸の下すれすれを支え、もう一方の手の指は、突然敏感になった腕の肌をさすっている。

一瞬チェルシーは、とがったヒールの先で、ぴかぴかに磨かれた彼の靴を思いきりふんづけてやろうかと思った。しかし彼女が日ごろから誇りにしている良識が、そんなことをすればせっかくの計画が台なしだと告げる。愚かしいほど相手にぞっこんで、間もなく結婚する予定の女性は、決してそんなことはしない。

マイルズは、クインの質問にぎこちなく答えた。「もちろんですとも」これで今後、上司に悩まされることもないと喜んだのもつかの間、チェルシーの考えからすれば声高すぎた会話を耳にはさんだ客の一人が金切り声をあげた。

「ほんとうなの? あなた、とうとう年貢をおさめる気になったのね、クイン?」それは贅沢《ぜいたく》なドレスを身にまとった四十代の女性だった。その女性はレーザー光線のような鋭い視線でチェルシーの顔とスタイルを一瞥《いちべつ》し、彼女の着ているドレスとシンプルな金のチェーン、そろいのブレスレットを、おそらく最後の一ペニーに至るまで値踏みした。

それから、一瞬完全な沈黙がその場を支配したかと思うと、会場ははちの巣をつついたような騒ぎになった。チェルシーは、沈むだけ沈んだ心を抱えて、喧噪《けんそう》のまっただなかに立っていた。これは悪夢だ。みんながおめでとうと口々に叫んで握手を求める。カメラのフラッシュが光り、記者たちが質問を浴びせてくる。

愚かなことだと思いつつ、チェルシーは支えてくれるクインの腕をありがたいと思った。彼の支えがなかったら、その場にしゃがみ込んでしまっただろう。そしてすずめばちの巣をうっかりつついてしまったことを嘆き悲しんだだろう。たった一人にだけついたつもりの小さな嘘《うそ》が、天と地をひっくり返すような世紀の大発表に発展するとは夢にも思わなかった。

そのときクインが騒ぎを静めるように権威ある低い声で言った。「みなさん、たいへん申し訳ありませんが……」彼はそこでほとんど目立たないほどの短い間を置いた。「僕とフィアンセは、これから夕食の予定がありますので」

この場を離れられると思うと、チェルシーはますます彼に感謝した。あとになって、どうしてそこまで愚かになれたかと思ったが。

何がなんだかわからないまま、彼女はホールの外へ連れ出されていた。特別に騒がしいサーカス小屋から逃げてきたような気分だった。「車を表に回させるよ。これからでもテーブルを確保できるところを知っているんだ。簡単な食事でいいだろう?」クインがきいたとき、チェルシーは思わず答えそうになった。〝いいもへったくれもないわよ、まったくもう!〟

しかし彼女は危機一髪で無作法な言葉をのみ込んだ。なんといってもクインが協力してくれたおかげで、マイルズ・ロバーツの魔の手から逃れることができたのだ。クインが調子に乗りすぎて、演技が少し真に迫りすぎていたからといって、文句は言えない。たぶんクインは、自分に都合のいい機会はなんでも利用する主義で、今度も自分の力で手にしたと考える特権を、ためらうことなく両手でつかんだのだろう——文字どおり！

だが、それも今は終わった。あとは自分の小さいけれど美しく整えた部屋に戻り、緊張を解いて、ほかの役員会のメンバーにどうアプローチするか方策を練るだけだ。何が起ころうと、上のポストは手に入れるつもりだった。自分にはそれだけの資格があると思う。

「ありがとう。でも、お食事までごちそうしていただく必要はないわ。タクシーに乗って、まっすぐうちに帰りますから」チェルシーはなぜ自分が急に神経質になったのかわからなかった。男が誘ってくるのをうまく断ることには慣れていた。クールな視線を向けるだけで、まったく関心がないことが相手に伝わるのが常だったから。

「あなたにはとても感謝しているわ。でも、あなたをパーティーからひっぱり出すつもりなんて全然なかったのよ。ほかにご予定もあるでしょうし」

これでうまく追い払ったつもりだったが、そうはいかなかった。彼はセクシーな唇を引き結び、脅しと自信が混じるなめらかな声で言った。「君の感謝の表し方は、僕の趣味からすると控えめすぎるね。今夜夕食につき合うことを、僕に対する謝礼の、分割払いの頭金と考えてくれたまえ。それに……会場へ戻って、今のは全部嘘でした、子供の悪ふざけのようなものでしたと告白してもいいんだが、それじゃまずいだろう？」

「もちろん」チェルシーは歯噛《が》みし、あごをつんと上げた。どうしてこんなに失望するのか自分でもわからない。でもクインが脅迫まがいのことをするとは思わなかったのだ。そういう戦術はマイルズ・ロバーツの専売特許だと思っていた。

「僕たちの婚約宣言がどんな騒ぎを引き起こしたか君も見ただろう。もしここで引き返して、あれは嘘でしたと言えば、どういうことになるか」

私がだまそうとしたのだと知ったら、マイルズ・ロバーツはどれほど悪意ある復讐《ふくしゅう》心を燃やすだろう。それはたいして想像力を働かせなくてもわかった。でも一日に二人の男から脅迫されるつもりはない。チェルシーは声を荒らげて言い返した。「あなたが口を閉じて手を体の脇《わき》につけておけば、あんな騒ぎにならなかったのよ！」

ひとことマイルズの耳にだけ入れて、自分たちは向こうに行ってしまい、あとはいやみな上司に、自分の野心が断たれたことを一人嘆かせておけばいいと思っていた。でも、そうはいかなかった。この色男は、じっとしていない手や、甘く空虚なせりふで、大仰な芝居を打ってくれた。

「僕は何事も中途半端にはやらないんだよ、ダーリン。僕のことをもっとよく知るようになれば、君にもわかってくるだろう」クインはからかうようなほほ笑みを浮かべた。その笑みはどういうわけか、チェルシーをいらいらさせた。私はこの人をもっとよく知るつもりなんてない。これからだってたまにエレベーターに乗り合わせたり、コーヒーショップやジムで顔を合わせて、礼儀正しく愛想のいい会話を二、三交わすぐらいがせいぜいだろう。クインは彼女の気持を読み取ったようだが、了解するつもりはさらさらないようだった。「一時間はつき合ってもらわないとね。さっきの茶番劇の目的を説明してもらうためだけでも」

「ああ……」チェルシーは公正な人間だったので、クインの言うこともっともだと思った。私にはそれだけの義務がある。二分間だけの〝婚約〟のつもりが、あんなふうに大々的になってしまったから、いくらクインのようなちゃらんぽらんな人間でも、結婚は取りやめになったと説明するときは、いくらかばつが悪い思いをしなければならないだろうし。

「わかったわ。では、夕食だけね」

クインは唇をゆがめた。「それ以上の提案はしてないけど、君がその気なら僕も受けて立つよ」

制服姿のドアマンが、車を玄関前に回したと言いに来たとき、チェルシーはまだかっかしていた。彼女は口を引き結び、ぴかぴかのＢＭＷに乗り込んだ。

彼のことだから、もっと派手な車に乗っているのかと思ったわ。プレイボーイのイメージにふさわしい、真っ赤なスポーツカーとかね。チェルシーは不機嫌に考えた。

彼女は、ふだんは不機嫌な人間ではないし、人のことを批判もしない。自分は自分の思うように生き、人にもその権利を認めている。

私らしくもなく、こんなふうにとげとげしくなっているのは、きっと私の秩序正しいライフスタイルが半日のうちにひっくり返ってしまったせいだわ。私は自分で注意深く計画した、整然としているまっすぐな生活方針を、男たちに乱されたことがなかったのに。脅威的な男たちに。

もちろんマイルズとクインは、まったく違うタイプだけど。マイルズの脅迫は、もし阻止できなかったら、私のキャリアに大打撃を与えるものだった。でもクインのはそうじゃない。

パーティー会場に戻って婚約の話は全部嘘っぱちだったとばらす、なんていう脅しを、彼が実行に移すとは思えない。彼のように無頓着な男が、わざわざそんな労を取らないだろうし、それに怠け者のような生活をしていても、彼は自分の利益を守ることには敏感だろうという気がする。

あれは全部嘘だったと言ったら、かなりの物議をかもすだろうし、そんなことをすれば、ライダー・ジェム王国の名だたる総帥の機嫌を損ねるだろう。予定していたより早くあのすばらしいペントハウスから追い出されることにもなりかねない。

そういえば私は、国際的に名の知られた宝石王国の総指揮者であるライダー会長に紹介される機会を逃した。マイルズが会長に、トリプルAのために何か言ったという話を聞いただけだ。マイルズの脅しをいかにうまくかわすかで頭がいっぱいだったのだ。その目的は果たせたと思う。大騒ぎにはなったが、いちおう無傷で出てこられた。多少の気がかりはあるものの、クインのことは恐れる必要はない。

クインが私の仕事に影響を及ぼすことはありえないもの。私にとって、人生で一番大切なものは仕事だ。クインがあの婚約劇の実際の中身をほんの数日間だけ黙っていてくれれば、それでいい。

その数日のあいだに、私は役員たちに話をし、社長に書面であのポストにつきたいと願い出よう。じっくりと、注意深く文章を練らなければ……。

物思いから我に返ってみると、クインがアパートメントの地下駐車場に車を入れるところだった。結局、彼は私を無理やりディナーに連れていくのをやめて、家まで送ってくれたとみえる。今から別の、もっと美人で、もっと素直に言うことを聞いてくれる女性と一緒に夜を過ごすつもりなのだろう。私の持った印象は正しかった。彼は一つのことにこだわらない。プレイボーイタイプの男はみんなそうだ。

チェルシーは突然失望を感じた。でも、これは無駄に費やされている人生を目のあたりにして、人間として当然感じる残念さにすぎない。クインは非常に魅力的だし、明らかに頭もよさそうだ。あり余るエネルギーを楽しみの追求だけに使っているのは、もったいないと思う。

チェルシーは車を降り、同じように降りたクインに、車の光る屋根越しにほほ笑みかけた。けれども礼儀正しい感謝の言葉を口にしようとしたとき、彼女はクインが車をロックして、鍵《かぎ》をポケットにしまうのを見て目を丸くした。

それじゃ、クインも今夜は家で静かに過ごすつもりなのかしら。もちろん、名だたるプレイボーイでもたまには楽しみ事を休みたい夜もあるだろう。一緒にエレベーターに乗り込みながらチェルシーは、胸の奥のほうにあるわけのわからない失望のかたまりは、この一時間ばかりの騒ぎの後遺症にすぎないのだと自分に言い聞かせた。

こんなふうに夜が終わり、クインが一緒に食事をしたいという希望をあっさり撤回したことが、その原因ではない。もちろん、断じて違う。

しかしエレベーターがチェルシーの階を過ぎて静かに最上階に止まったとき、またさっきの胸騒ぎが一気に戻ってきた。ドアがなめらかに開くと、クインはチェルシーの肘に手を当ててエレベーターを降りた。彼女はペントハウスの前のロビーに敷かれた分厚いカーペットにヒールを埋《うず》め、うなるように言った。「どうして私がここに来るわけ？」

「これからでもテーブルを確保できる静かなところで簡単な食事さ」クインは答え、セキュリティー・パネルの番号を押した。そしてチェルシーを先に立たせ、背中を軽く押して中に入っていった。

そういうことだったのね。なんて抜け目のない人。さっき理屈に合わない失望を感じた報いがこれだわ。でもチェルシーにはプライドがあった。彼女は頭を高く上げて中に入っていった。

混み合ったレストランに連れていかれたほうがずっと対処はしやすかっただろうけど、そんなことを言ってクインのうぬぼれを助長するつもりはない。もちろん彼が何かをするというわけじゃない。私が彼の好みのタイプでないことは確かだもの。それなのにどうして神経をとがらせる必要があるの？

その問いには答えたくなかった。別に興味がないからだ。チェルシーは自分が少しも動揺していないことを示すために、広い部屋を見回してにこやかに言った。「ここに私のうちを三つ入れても、まだ小さなパーティーを開くスペースが残るわね」

彼女は人並みに好奇心があったので、さらに興味深くまわりを見回した。コーヒーショップに勤めるメリルは、チェルシーが日曜の朝、クロワッサンにギリシア産の蜂蜜《はちみつ》を塗った大好物を食べていると、いつもそばに来てはおしゃべりをしていくのだが、その彼女がペントハウスはこの世のものとは思えないと言っていた。それはほんとうだ。気取りのない感じに、そこここに置かれた座り心地のよさそうなスエード張りのアームチェアや、華やかな色彩の最高級のペルシア絨毯《じゅうたん》、ガラス棚に飾られているので壁に浮かんでいるように見える極上の陶器などを、適切に当てられたスポット照明が、控えめながらくっきりと際立たせている。

クインはジャケットを脱ぎ、ネクタイをゆるめた。長い脚を引き立たせるフォーマルな黒いスラックスや真っ白なシャツが、彼の驚くほど無造作な気品を強調している。部屋の向こうへ行き、テムズ川を見下ろすテラスに通じるガラスドアを開ける彼の姿に、自分の目が釘《くぎ》づけになっていることに気がつき、チェルシーは咳払《せきばら》いをした。「ライダー・ジェムがこのペントハウスを使うことになって、ここを出なくてはならなくなったら、この広さと贅沢さが恋しくなるでしょうね」

クインはくるりとこちらを向いた。一瞬彼はわけのわからなそうな顔をしたが、やがて小さく肩をすくめ、いつものんきな笑い顔になった。

「僕が手っ取り早く何かこしらえるあいだ、こっちへ来て見てろよ」クインが差し出した、力強い、すばらしく形のいい手を、チェルシーは無視した。だが、それはたいして役に立たなかった。クインが彼女の手を取り、ひっぱっていったからだ。彼の指がからめられたとき、ぴりぴりと震えが伝わって、チェルシーの神経に望みもしない混乱を引き起こした。彼女は、自分の反応がクインに伝わったのではないかとはらはらした。

でも見たところ、そうではなさそうだ。彼の表情は少しも変わらない。当然だろう。クインはとても欲望の強い男のようだし、体のふれ合いなんて日常茶飯事なのだ。たぶん一日でも女性と親密な時を過ごさなかったら、禁断症状を起こすんでしょうね！

私はもっとはるかに潔癖だわ。チェルシーは自分を安心させて、高度なテクノロジーの集大成であるキッチンの、指し示されたスツールに座った。感情的なかかわり合いはごめんだし、気軽なセックスなんて吐き気がする。そういうわけで私は、男を寄せつけないでいるのだ。だからこそ逆に、男の温かい手にふれられただけで、特別な反応を示してしまうのだろう。

チェルシーは自分の出した結論に満足し、クインの差し出す白ワインのグラスを受け取った。彼はチェルシーをながめて言った。「君がおなかをすかしてるといいんだが。それにダイエット中なんてのも困る。僕はやせてるのがファッションだと思い込み、満足に食べない女には我慢できないんだ」

チェルシーは返事をせず、ワインに口をつけた。私はやせている。だからどうだっていうの? いつだって好きなだけ食べているけど、ちっとも太らない。グレイハウンド犬のようにほっそりしている。でも胸だけはほかの部分に比べて目立ちすぎるので、とてもアンバランスだ。

どうせクインの好みは、グラマーなブロンドでしょうよ。頭が空っぽのね。彼が清潔なふきんをすっきりとしたウエストのまわりに結ぶのを見ながら、チェルシーはむっつりと考えた。最初のころコーヒーショップのメリルが言っていたわ。

〝これまでお目にかかったことがないほどいい男が今ペントハウスにいるのよ。きっとライダー家の分家の息子か何かだわ。外国のバイヤーでないことは確かだしね。いつも派手な女を連れてるの。私が見ただけでも違うのが三人。ブロンド二人に赤毛が一人よ。あれだけ女とつき合って、そのうえジムとスカッシュコートで汗を流してるんだもの、働けないわよ。働く時間なんかないわ。だけどまあ、一度見てみなさい。目がくらむから！　脚ががくがくして、理性が吹っ飛んじゃうわ〟

やがてチェルシー自身、メリルの意見が正しいことを自分の目で確認した。ただし、どんな男も、特に金持の一家に寄食するプレイボーイは、彼女の脚をがくがくさせたり、理性を吹っ飛ばしたりはしない。その点に関してだけは、メリルは間違っている。

「で、あれはどういうことなんだい。どうして僕に婚約者のふりをしてほしかったんだ？」

クインはハーブを振りかけたサーモンの厚切りをフライパンに入れると、今度はなすとピーマンをさいの目に切り始めた。

「別にあなたじゃなくて、だれでもよかったの」パーティーで見かけて思いついたこと、クインならふざけた話にも気軽に乗ってくれるだろうと思ったことは言わないでおいた。

「君は僕のプライドをぺしゃんこにしてくれるね」彼は言いながら、いつの間にか空になっていたチェルシーのグラスを満たした。でも、全然そんなふうに見えない。これまでに仕事の場で、傲慢《ごうまん》な男たちや、うぬぼれている自信満々な男たちをたくさん見てきたけれど、こんなになんの苦労もなく、あふれるような自信を漂わせている男は見たことがない。

「それで?」クインが黒い眉を上げた。チェルシーは観念して、あらいざらい話した。クインに対してはそれだけの義務があると思ったからだ。

クインは黙って耳を傾けながら、切った野菜をオリーブオイルで軽くいため、薄くスライスしたたまねぎと、ワインビネガーを振りかけた。チェルシーは最初緊張して話していたが、クインが聞き上手なおかげで、だんだんリラックスしてきた。

やがてクインはトレイにサーモンステーキと、香ばしいハーブブレッドと、なすのサラダをのせて言った。「僕のあとについてきて。君はワインのボトルとグラスを持ってきてくれるかい、かわいこちゃん」チェルシーはまだ話を続けながら、言われたとおり、テラスのテーブルに料理を運んでいくクインのあとに従った。

これほど自由率直に自分の思いを語ったのは何年ぶりだろう。チェルシーは彼の向かいに座りながら、静かな驚きを感じていた。川からの微風が頬に涼しい。くっきりしたあごのラインに、シニヨンから幾筋かほつれた漆黒の髪がまとわりつく。

チェルシーは子供のころから自分の考えや感情を内に秘めて、世間には静かで乱れのない外面しか見せず、ほんとうの感情をうまく隠してきた。ただ最近は、隠さなければならないような動揺や、理屈に合わない恐れもなくなった。妹のジョアニーが電話で涙ながらに怒りをぶちまけたときもそうだった。チェルシーにできたのは決まりきった慰めの言葉をつぶやくことだけだった。〝だから言ったでしょう。愛なんて長続きしないのよ。何を期待していたの?〟と言いたいのを、ぐっと抑えて。

この数年間で、ほんとうにはらわたが煮えくり返るような思いをしたのは、今回マイルズ・ロバーツに妙な提案をされたときだけだ。たぶんそれは、自分の仕事がかかっていたからだろう。トリプルAでの仕事が、今の彼女の人生で唯一重要なことなのだ。

「そいつは、とんでもないやつだな」クインが力強いしなやかな指でワイングラスをくるくる回しながら言った。口を引き結び、黒い眉をかすかに寄せている。チェルシーはその表情を退屈と取った。彼は軽いおしゃべりが好きなのだ。それにセクシュアルな味つけがあればもっと好ましい。クインはそういうタイプだ。それ以外の話題は、彼にとっては退屈きわまりないのだろう。

チェルシーはほほ笑み、肩をすくめた。「ほんと。でもあなたのおかげで、マイルズも脅しを引っ込めるでしょう。私のために社長に口をきいてくれることはなくても、悪口を吹き込むことはしないでしょうよ。自分で社長にアプローチしてみるわ」そうは言ってはみたものの、社長がどんな人物か知っているから自信はなかった。

「マイルズ・ロバーツが手を引くなんて、どうして思うのかな」クインが静かに言った。チェルシーはパニックに背筋がこわばるのを感じた。実は、彼女もちらりとその可能性を考えたのだ。クインは続けた。「もし僕がほんとにある女性をほしいと思ったら、婚約者が何人いようとひるまないね」

「そうでしょうとも！」チェルシーは苦々しい口調になるのを抑えられなかった。「あなたがマイルズの肩を持たないのがふしぎなぐらいよ」

金色に光る目に、濃いまつげが伏せられた。彼の視線が、突然無防備になったチェルシーの口もとに向けられる。「僕はこれまで望みの女性をベッドに誘うのに、そんな戦術に頼る必要は一度もなかったよ」

〝当然でしょうよ！〟という怒りの、だが心から同意する言葉を、チェルシーはかろうじてのみ込んだ。どうしてこの人には、これまで上手に抑えてきた激しい感情をかき立てられるのだろう。

ううん、そうじゃないわ。私のこの怒りはマイルズ・ロバーツの嫌悪すべき提案に対してであって、クインのセクシーで渋い魅力や、彼を揺さぶって、あなたは人生を無駄にしていると言いたくなるような、無頓着な優雅さとはなんの関係もないのだ。

もっとも、なぜ私が、クインの潜在能力が無駄にされているのを気にしなければならないのか、わからないけれど。彼がどういう生き方を選ぼうと、私にはなんの関係もないはずよ。

今夜以降、彼とは、通りがかりにあいさつする程度のつき合いをする以外、かかわり合うつもりはない。それにライダー・ジェムが貴重なスペースをいつまでも怠け者の遊び人に使わせておくはずがないわ。ペントハウスはもともと外国の取引先のために用意されているのだとメリルも言っていた。メリルは情報通なのだ。このアパートメントのさまざまな住民についての情報をどこからか手に入れるという恐るべき手腕を持っている。

それでもチェルシーはどうしても言わずにいられなかった。「おいしい食事と、パーティーでのご協力、ほんとうにありがとうございました。あなたの才能やエネルギーが、女性をもてなしたり、人をかついだりするよりもっと価値のあることに向けられていないのが残念だわ」

そう口にした瞬間から、チェルシーはもうそんな説教めいた話をしたことを後悔していた。人はみんな、自分の好きなように生きればいいと心底思っているこの私が、善人ぶった潔癖な伯母さんみたいな口をきいている。全然私らしくない。もっとも私はパーティーであんな突拍子もない案を思いついて以来、自分らしくないことばかりしているけど。

チェルシーはぎこちなく立ち上がり、これ以上後悔するようなことを言う前に出ていこうと、イブニングバッグに手を伸ばした。クインも立ち上がった。鋼鉄を思わせる厳しい声は、彼もまたチェルシーの不用意な言葉を聞き流すつもりはないことを示していた。プレイボーイではあっても、彼はいくらかの自尊心を持っているらしい。

「人をかつごうと言い出したのは君であって、僕ではない。僕が引き受けたのは、君がほんの一瞬、気弱でびくびくしていて、まったく無防備に見えたからだ」クインは厳しい目で彼女を見ると、それから出口まで歩いていき、うやうやしくドアを開けた。一刻も早く出ていってくれと言わんばかりだ。「君との婚約なんて、自分からは決して思いつかないね。そんなことは、考えただけでもぞっとするよ」

その言葉は、必要以上にチェルシーを傷つけた。エレベーターのほうに歩いていきながら、彼女はなぜ胸が痛いほどどきどきしているのか考えた。なぜクインがドアを閉めたときの音が、まるでこれが最後だというふうに聞こえたのか、なぜ急に自分が独りぼっちに思えてきたのかを……。

3

翌朝チェルシーは、初めて寝過ごした。そして目が覚めたとたん、会社へ行きたくないという強烈な思いにとらわれた。これも先例のないことだ。いつもはトリプルAでの仕事が活力の源だからだ。

要するに、マイルズと顔を合わせたくないだけなんだわ。彼女はばたばたと身仕度をしながら考えた。今朝はいつもの半熟卵にトースト、コーヒーという朝食をゆっくりとっている暇はない。

だが、仕立てのいいクリーム色のブラウスの上にきちんとしたグレイのスーツの上着をはおり、鏡に映った自分を見てみると、このままベッドに逆戻りしたい、頭がまともに動き出すまで外に出たくないという思いは、トリプルAの直属の上司とはなんの関係もないことを認めざるをえなかった。

全部クインのせいだわ。そうでしょう？　クインと、そして私が彼に言った、無礼でえらそうな言葉のせいだ。突然チェルシーは、彼に謝りたいという奇妙な、せっぱ詰まった思いに駆られた。

彼に謝る？

冗談じゃないわ。チェルシーはブリーフケースをつかみ、ドアをばたんと閉めた。ほんとうのことを言っただけなのに、なぜ謝らなければならないの？

会社までの距離を半分ほど来るころには、君と婚約すると考えただけでぞっとするというクインのいわれのない悪口が、自分の毒舌を帳消しにしたと確信していた。

そしてオフィスのドアを開けるころには、いつもの調子が戻っていた。脳の働きが軌道に戻り、活動に向けて準備を完了した。クインは私にとってどうでもいい人だ。言いたいことを言わせておけばいい。私はなんとも思わないから。なぜ気にする必要があるの？

彼は私に協力してくれた。そのことは感謝している。それに夕食が終わる直前までは、私たちはけっこううまくいっていた。私は事情を説明し、お礼も言った。もしクインが自慢げに、自分は気に入った女性をベッドに誘うのに姑息《こそく》な手段を使う必要がないなどと言わなかったら、あんな悪口の言い合いが始まることもなかったはずだ。

なぜ彼の武勇伝に自分がそういう反応を示すのか、考えるつもりはなかった。今も、これからもだ。私には考えるべきことがもっとほかにある。たとえば計画の裏をかかれたマイルズ・ロバーツが、どういう行動に出るかとか。

そのマイルズが、チェルシーのデスクに座っていた。彼女はあごを上げた。青い目で、冷静に、まっすぐマイルズを見つめる。何を言い、どうふるまうべきかわかっていたから、体には活力が満ちていた。彼に出ていけと言えばいいのだ。ただし、お友達の社長のところに飛んでいき、チェルシーの能力のなさ、客扱いのまずさ、そのほかありもしない欠点を述べ立てるようなことはさせずに。

マイルズははじかれたように立ち上がり、愛想笑いを浮かべた。チェルシーは驚いた。彼がそういう一般的な礼儀正しさを見せるのは社長に対してだけだからだ。それも胸が悪くなるほど過度に。

「おはよう、チェルシー。待ってたんだよ」

その声の油っこさを車輪にさしたら、すべりがよくなりそうだ。だがチェルシーには、なぜ彼がそんな態度をとるのか考える余裕はなかった。もし私が初めて、ほんとうに初めて遅刻したことを卑屈に謝るだろうと彼が期待しているなら、いっぺんぴしゃりと言ってやらなくてはならない。チェルシーはできるかぎりの皮肉をこめて言った。「あなたの提案のことですけど、マイルズ、ゆうべ私のフィアンセにお会いになったでしょう。彼はいつもジムに通って体を鍛えてるんですよ」彼女はマイルズのたるんだ体を軽蔑《けいべつ》したようにちらりと見た。「そのうえ彼はとてもやきもちやきなんです。私の言いたいことはおわかりでしょう」

明らかに、マイルズはわかったようだった。彼は薄くなりかけた髪の根もとまで赤くなり、急いで言った。

「君に彼氏がいるなんて思ってなかったんだ。まして婚約してるなんて。もし知っていたら、あんな……」マイルズは口ごもり、目をそらしながら、かにのようにドアのほうへ移動していった。「君に言おうと思って待ってたんだよ。来週の水曜、社長と昼食の約束をしてるから、君のために口をきくってね。うぬぼれてるわけじゃないが、レオナード社長は僕のアドバイスと意見を真剣に受け取ってくれるだろう。僕が新しいポストに移るのは、君も知ってのとおり八週間後だ。それまでには充分、女性に管理職は向かないという社長の偏見を正すことができると思うよ」

マイルズはもう半分ドアの外に出ていた。だから彼が最後の言葉を精いっぱい努力して言っているのだろうということは、推察しただけだった。

「君は心の広い人だから、僕の過ちを忘れてくれると信じてるよ。許して、忘れてくれるってね。君は優秀な部長になれると思うよ。もちろん近い将来、役員のポストも回ってくるだろうし」

ドアが閉まり、チェルシーはどさりと椅子に腰を下ろした。聞いたことが信じられなかった。

マイルズが肉体的にも精神的にも臆病《おくびょう》だとは思っていた。私が自分よりずっと若くて強い、しかも短気でやきもちやきの男と婚約していると知れば、脅迫するにも二の足を踏むだろう。

　そしてまた、社長に私のことを悪く言う理由もない。なぜならほかの男を愛しているというのは、マイルズの顔をつぶすことにならないからだ。だから私のキャリアは安泰だ。〝ありがとう。でも、けっこうです。あなたはあなたで勝手にすれば！〟と言ったのと同じようなものだから。

　でも、まさかマイルズがこんなに低姿勢になるとは思わなかった。君のためにできるだけの努力をするとまで言ってくれるなんて。びっくりした。私は、自分で志願するしかないと思っていた。社長はビクトリア朝時代の考え方から抜けきれない人だから、結果は期待できないけれど、ベストを尽くし、チャンスに賭《か》ける覚悟だった。

　あの突拍子もない計画が予想外の成功をおさめたのだ。驚きを克服するのに、たっぷり十分はかかった。でも、やがて気を取り直すと、チェルシーは意志をもって仕事に取りかかった。そしてマイルズと共有している秘書が十一時半にコーヒーを持ってくるまで、顔も上げなかった。

　モリーはいつものように単刀直入だった。

「指輪はどこ？　それとも高級すぎて仕事場にはめてくるには惜しいの？」彼女は手を腰に当て、満面に笑みを浮かべて立っている。「半年前からジェイク・プレストンがつきまとってるのに、あなたが全然気づかないからおかしいと思ってたんだけど、当然ね。もっと大きな獲物をねらってたんだもの。でも、まさかこんな大物を釣り上げるとはねえ」

「え、なあに？」チェルシーは複雑な原価計算に熱中していたので、うわの空でモリーを見上げた。

「今さらとぼけなくていいわよ。秘密は全部オープンになったんだから。ちょっと待って」モリーは部屋を出ていくとすぐに戻ってきて、たたんだ新聞を差し出した。「おばあちゃんは新聞に書いてあることを半分も信じるなと言うけど、これを否定できるなら、してごらんなさい」

もちろん否定できるとチェルシーは思った。でも否定すればマイルズがどれだけ怒ることか。そして昇進の可能性は、はるかかなたに遠のく。

絶大な魅力を発散しているクインを見上げるチェルシーの写真が、紙面を飾っていた。カメラは彼女の愚かしいほどうっとりした一瞬の表情をとらえている。胸がむかついた。そして記事の見出しを見たときは、胃が体から飛び出して遠くに飛んでいくかと思った。

〝宝石界の帝王、ついに射止められる！〟

モリーが言った。「あなたがうらやましくてたまらないわ。まあ、一人でゆっくり幸せを噛《か》み締めてよ。コーヒー、冷めないうちにどうぞ」

チェルシーは驚きのあまり声も出ず、モリーが出ていったあとも長いこと新聞を見つめていた。でも、これは予想できたはずだ。パーティーにはあれだけたくさんのマスコミが集まっていたんだもの、この種のニュースを見逃すはずがない。そしてクインが――のんびり屋で、気さくで、怠け者で、無為な生活をしているように見えるプレイボーイのクインが、宝石界の帝王？　それとも、これは記者が言葉を飾っているだけなのだろうか。
チェルシーはショックで霞《かすみ》のかかったような頭をどうにか働かせ、記事を読み始めた。そして読みながら、うめき声をあげた。

〈国際的に名の知られているライダー・ジェム王国の富豪の帝王クイン・ライダー会長は、これまで独身主義を通してきたが、ついに美しいチェルシー・バイナー嬢との婚約という形で運命に屈伏したもようだ。彼は昨夜催された最高級宝飾品の新シリーズ《マンハッタン》の発売記念パーティーで、誇らしげに二人の婚約を発表した〉

チェルシーはうめき、頭を抱えた。私はライダー・ジェム王国の伝説の帝王のところへのこのこ歩いていき、フィアンセのふりをしてほしいと頼んだのだろうか？　どうしてそんなことができたのだろう？　考えただけで気分が悪くなる。もっと悪いことに、私は彼のことを役立たずで、人に頼って生きる怠け者だとなじった――少なくとも、それに似たようなことを言った。
今後は決して自分の判断を信じないでおこう。外見や、噂《うわさ》に基づいた判断は。決して！

突然電話のベルがけたたましく鳴り出した。これでしばらくのあいだほかのことを考えていられる。チェルシーはほっとして受話器を取った。どこかで緊急事態でも発生してくれたら、喜んで駆けつけるのだが。「はい、チェルシー・バイナーです。ご用件は？」

「大事な用件があるんだが、とりあえず昼食を一緒にしよう」かすかにユーモアを含んでいるかすれた声は、間違いなくクイン・ライダーのものだった。チェルシーはすくみ上がった。今の時点で、彼はもっとも話したくない相手だ。自分が大失態をしでかした事実をもう少しじっくり噛み締めてから彼と会い、必要な謝罪をしたかった。

「ごめんなさい。時間が取れないの。仕事がたまっていて」もちろん彼にはいずれ謝らなければならない。でも今はまだ心の準備ができていない。

大きな国際企業のトップなのだから、仕事が最優先だということはわかってくれるだろう。今夜あたり、謝罪の言葉をきちんと考えてからペントハウスを訪ね、自分がいかに後悔しているかを表明し、そして逃げてこよう。それでこのどたばた劇はおしまいだ。

だが、クインは言った。「三十分したら迎えに行く。用意しておいてくれ」面倒くさそうな口調だ。チェルシーの言い訳など、無駄なだけでなく退屈だと言わんばかりだった。

「問題外よ」彼女はすぐに言い返した。クインが怠け者のプレイボーイだという最初の推察は間違っていた。でも、だからといって彼に、私の仕事にはなんの意味もないというような態度をとられる理由はない。

「今朝の新聞を読んだだろう？　だったら、僕たちには話し合うべきことがたくさんあるのはわかるはずだ」荒々しい言葉が返ってきた。クインは数いる独身者の中でも、光り輝いている。そんな彼が婚約したと発表したら、マスコミが大騒ぎするのも無理はない。

「うちのオフィスは、午前中ずっと押し寄せてくる記者たちを追い返すことでてんやわんやだったし、母と妹たちは朝食以来、電話の応対に追われている」

クインは怒っているようだ。無理もない。マイルズを追い払うためだけについた小さな嘘《うそ》が、今や全国的なニュースになっている。もちろん私は彼がだれであるかを知らなかったし、嘘がみんなに広まるとは思わなかったのだから、しかたない。でもクインは、結局結婚は取りやめになったとマスコミが知ったときの、自分や家族がこうむる迷惑のことを考えてうんざりしているのだろう。

「もう一度繰り返す。用意をしておきたまえ」クインはそう言うなり、電話を切った。チェルシーは顔をしかめて唇を噛み、しぶしぶ避けられない会見に向かう覚悟を決めた。

クインは郊外まで車を走らせ、二人はある高級レストランのテムズ川を見下ろすテラスで昼食をとった。川から来る微風が頬に心地よかった。

「ごめんなさい。何もかもみんな」チェルシーは車に乗り込むとすぐに言ったのだった。

「いくら謝っても謝りきれないわ。あんなことをするべきじゃなかった……」

クインはこちらを向き、彼女をしげしげとながめた。「まったく同感だね」

チェルシーは赤くなり、前を向いたまま忙しく行き交う車の列を見つめていた。すべての非を自分でしょい込むのは厳しいことだ。クインだって、もうちょっと別の返事のしかたがあるだろうに。「あなたも、もっと慎重に行動してくれれば……あんな大きな声を出したり、私にさわったりしないで……」クインのパワフルな体に抱き寄せられたことや、彼の手が恥知らずにも体の上を動き回ったことを思い出して、彼女の頬はいっそう赤くなった。「あれじゃ、まるでお菓子屋で好きにしていいと言われた子供だわ。もうちょっとノーマルに行動してくれたら、だれも私たちの話に気づかなかったし、今朝だって新聞沙《ざ》汰《た》にならずにすんだのに!」

「僕の行動がノーマルじゃないと思うなら、君は男のことをあまり知らないね」彼は琥珀《こはく》色の目をいたずらっぽくきらめかせた。

彼はすべてに答えを用意している。いやな人だ。それに彼は核心を突いている。私は男性のことをあまり知らない。彼らが例外なく、生まれつきトラブルの種を持っていること以外は。

チェルシーは目の前の道をじっと見つめていたが、我知らず視線がハンドルを握るすらりとした男らしい手に流れていった。その手が自由に自分の体の上をさまよったときのことを思い出して、呼吸が苦しくなった。おかげでクインが何か言ったとき、チェルシーはきき返さなければならなかった。「さっきのは、僕が才能とエネルギーを無駄にしているという非難に対する謝罪だと思ったんだよ。マスコミの騒ぎについては、あまり気にしてない。実のところ、いいタイミングだと喜んでるぐらいなんだ」

そんな言葉を聞くとは夢にも思わなかった。チェルシーはどういう意味かと追及したかったが、クインがその時間を与えなかった。

「なんでも杓子《しやくし》定規に分類しないほうがいいよ。能力ぎりぎりまで働いて、なおかつリラックスできる時間をつくることは可能だ。君の問題点は、楽しみ方を知らないことだね」

もし私が無理して昼食につき合ったうえ、生き方についての説教をおとなしく聞くと思っているなら大間違いだ。「で、あなたは私の生活を楽しむ能力について何を知っているわけ?」チェルシーはクールにきいた。もちろん、こんなことは彼の知ったことではないだろうが。

「観察したのさ。この数週間、興味を持ってつぶさに観察した」クインはいたずらっぽく横目でちらりと見た。その視線はチェルシーのとがらせた肉感的な唇や、どんなにかっちりしたデザインのスーツも隠しきれない胸の豊満なカーブの上にしばしとどまった。

そのあとチェルシーは、口をつぐんでいるほうが賢明だと判断したのだった。そして今、二人はテムズ川を見下ろす日当たりのいいテラスのテーブルについている。クインはコースの最初に選んだ上質のスモークサーモンを心ゆくまで味わっていたが、チェルシーのほうは皿をつついているだけだった。次に頼んだサラダも食べられるかどうかわからない。

手持ちぶさたなので、ポル・ロジェに口をつける。高価なだけにおいしいシャンパンだ。喉を伝っていく冷たいさわやかな感触が快くて、彼女はまた二口、三口飲んだ。暑かったが、スーツの上着を脱ぐ気になれない。ブラウスの薄い布地の下の曲線に彼の目が向けられることがわかっていたからだ。

これまでクインは、チェルシーの家族や育った環境というような、あたりさわりのない話題を選んでいる。けれども彼女の家族や育った環境は、クインの知ったことではない——クインだけでなく、だれの知ったことでもない。だからチェルシーは、妙なうめき声を答えの代わりにしたり、話のあいだに五、六回どうでもよさそうに肩をすくめたりしただけだった。だからクインが私との食事をすばらしく楽しんだとは言えないだろう。だけど、それがどうしたっていうの？

私はプライバシーを守りたいタイプの人間だし、クインだって過去を詮索《せんさく》するために食事に誘ったわけではないだろう。肝心な話題はもっとあとで出してくるつもりなのだ。

そう思うと、チェルシーは落ち着かなかった。ただでさえ落ち着かないのに。彼女は前に置かれたこの店オリジナルの新鮮なサラダと肉の薄いスライスを見て、ぞくっと体が震えるのを隠そうとした。

クインがペッパーステーキにナイフを入れるのを見ながら、チェルシーはまたグラスを取り、一気に空けた。

「さっきあなたは、架空の婚約話が新聞に載ったのはタイミングがよかったと言ったでしょ。あれはどういう意味なの？」

片方の黒い眉がかすかに上がったが、すぐにクインはチャーミングにほほ笑み、彼女のグラスにワインを注ぎ足した。そして、いつものかすれたソフトな声で答えた。「ここ数カ月、しつこい女性に悩まされていてね。もし彼女が……サンディが、僕はほかの女性にぞっこんで、もうじき結婚すると知れば、あきらめて別れてくれるんじゃないかと思ってさ」

チェルシーは聞かなければよかったと思った。クインがそれほど冷酷だとは思わなかった。胸になんだか妙なかたまりがつかえている。やきもちじゃない。もちろん、やきもちのはずがないわ。単なる嫌悪感よ。サンディというのは、メリルの言っていた女性の一人だろう。ブロンドだろうか、それとも赤毛？

こんなところへ来なければよかった。シャンパンを急いでグラスに二杯も飲まなければよかった。そもそもクインに会わなければよかった。

だがチェルシーはすぐに思い直した。クインが見下げ果てた男だとしても、私は別に傷つかない。それは、私の前からの信念――感情移入は時間の無駄であり、愛は欲望をきれいな言葉で表現しただけのもので、男女の関係は相手に肉体的魅力を感じるあいだだけ続くという信念をより強固にしただけだ。

チェルシーは気を取り直してカールしたぱりぱりのセロリを噛み、冷静な目で彼を見つめた。

「たぶんそのサンディは、あなたと別れたりしないんじゃない？　結婚していようとしていまいと、あなたの愛人でい続けるわよ。それが、あなた方お金持の世界ではふつうのことなんでしょ？」

クイン・ライダーのような男たちは、平凡な九時から五時のサラリーマンより有利だ。彼らは気に入った女性をお金で動かすことができる。チェルシーは自分が痛い目にあったので、そのことを知っている。クインが厳しい目でじろりと見返したときも彼女はひるまなかった。クインはぶっきらぼうに言った。「僕の経験では、女性たちがほしがるものはただ一つ、左手の薬指にはめる金の指輪だ。経済的に安定した生活へのパスポートとしてね。結婚計画を実らせるのに成功していない人たちにそれを見せびらかすチャンスは、もちろん逃さない」

「あなたって皮肉屋ね」

「君もだろう、チェルシー」クインは椅子の背にもたれ、目を鋭く細めて彼女をながめた。

「実際のところ、僕らには共通点が多いなと思ってるんだ。いったん僕が君に、いかに緊張をほぐして遊ぶかを教えたら、僕らは非常にうまの合うカップルになるんじゃないかな」

彼は一緒に遊ぼうと言っているのだ。その遊びがスカッシュや単語つくりゲームでないのは、彼の目を見ればわかる。チェルシーは急いで目をそらした。彼は私をばかだと思っているのだろうか。それとも彼のガールフレンドたちのように、簡単にお金に惑わされるとでも?

怒りがこみ上げてきたが、チェルシーはそれを断固として排除した。猫にねずみをとるなと怒るようなものだ。クイン・ライダーは生まれつき女性を獲物にする男なのだ。彼に対してどんな感情を持つのもばかげている——怒りでさえも。

「お誘いありがとう。でも私にはそんな時間も意思もありませんから」チェルシーはそっけなく答えた。

クインはセクシーな唇をゆがめただけで何も言わなかった。チェルシーはナイフとフォークを置いた。食べられるだけ食べたし、昼休みはもうじき終わる。このレストランはオフィスからずいぶん遠い。しかも彼はまだ、この会合の目的について話していない。

そろそろきいてもいいだろう。あまり知りたくはないけれど。なんであれ、それは突拍子もないことだろうという気がする。彼自身と同じように。

どちらにしろ、新聞の記事が主な問題であることは確かだ。チェルシーは彼をまっすぐ見てたずねた。「私たち、いつまで嘘の婚約を続けることになるの？」

クインはいっそうリラックスし、椅子の背に腕をかけてにこやかにきいた。「コーヒーにする？」

「いらないわよ！」彼女はマナーを思い出して「ありがとう」とつけ加え、いら立つ気持を抑えた。こんなのんきそうな男が、どうやってあの大きなビジネス王国を統御しているのかは、私の理解をはるかに超える！

チェルシーが質問を繰り返そうとした矢先、クインが答えた。「なりゆきにまかせよう。君には今回のことを不快に思う恋人もいないらしい。いれば僕の役割をそいつにやらせただろうからね。僕のほうはしつこい女と手を切りたい。だから……このまま様子を見ようじゃないか。しばらくのあいだ婚約しているという状況の中に安全に身を隠しておけば、君はマイルズ・ロバーツに悩まされずにすむ。ゆうべ君が来る前、彼はさかんにトリプルAを売り込もうとしていたよ。どうやらライダー・ジェムが広告部門を切り離すと考えているようだね。君と僕が真剣に将来を考えていると思っているかぎり、マイルズ・ロバーツは君をつけ回さないだろう。違うかな？」

チェルシーは答えなかった。クインの言い方はどうもひっかかる。でも、もちろん彼は正しい。チェルシーはそう言おうとしたが、結局チャンスがなかった。クインの次の言葉に度肝を抜かれたからだ。

「だからまず手始めに、僕の母親に会いに行こう。二週間の予定でね。こうすれば婚約はよけい本物らしく、自然に見える。君の会社のほうには、もう話をつけておいたよ。日曜の朝、僕たちはモンクス・ノートンに出発する。母も楽しみにしてるよ」

4

　クインは冗談を言っている。もちろんそうだ。あるいは頭がおかしくなったかだ。チェルシーはテーブルの向こうでちらちらきらめく琥珀《こはく》色の目をクールなまなざしでとらえ、いたずらな子供に話しかけるように気軽に、けれども断固として言った。

「まじめに話しましょう。私は婚約がつくり話だとばれるようなことは決して言わないわ。でも、このお芝居を終わりにするときは連絡してね。話を合わせるから」

　チェルシーはスーツの襟から、ありもしないパンくずを払った。お母さんに会いに行くですって？　まったく冗談も休み休みにしてよ。だが、彼の次の言葉を聞いたときには、恐れで体が凍りついた。「僕はまじめだよ。君の休暇はすでに手配ずみだ。母も待っている。僕らはモンクス・ノートンに日曜の朝出発する」クインは重厚な金のペンで小切手にサインし、ウェイターに渡した。チェルシーは椅子をがたんと引いて立ち上がった。

　怒りで体が硬直していた。彼女は足を踏み鳴らして出口に向かい、横に並んだクインに、小声できつく言った。「どうしてそんな勝手なこと！　私はどこにも行かないわ。まして、お母さんのところになんて！」腹立たしさのあまり足がもつれて、彼女は階段でつまずきそうになった。そしてとっさに差し出されたクインの手を振り払った。「あなたは私の仕事に口を出す権利はないわ。全然ないわよ！　休みは、自分の都合のいいときに取ります。今は全然よくないの」

「めったにないみたいだな。その、都合のいいときっていうのが。君は休暇を使いきってないというじゃないか。僕の考えでは、君はリラックスすることを自分に許してないんだよ」

するとあなたと二週間過ごすことが、リラックスになると言うわけ？　冗談じゃないわ。チェルシーはふんと鼻を鳴らした。クインは彼女の怒った赤い顔を見てちらりと笑みをもらし、車のドアを開けると、チェルシーが乗るのを待った。

バスでロンドンの中心街に戻るには何時間もかかる。それにお金を持ってきていない。脱出は不可能だ。チェルシーはため息をついて助手席に乗り込んだ。帰りのドライブにも耐えるしかない。ほんとに自分勝手な男！　私にああしろこうしろと指図し、仕事のスケジュールにまで立ち入ってくる。でもね、そうはいかないわよ！　私があなたの指図どおりにすると思ったら大間違いだわ。

チェルシーは腕を組み、車が駐車場から通りに出るまで待ってから攻撃を開始した。

「自分の母親に嘘《うそ》をつく人がいる？　本気じゃないのに結婚するなんて言って。あなたはいったいどういう……」

「母は、つくり話だって知ってるさ。僕が全部事情を話したんだ。妹たちにも今朝、電話で説明した。家族はみんな知っている。だから君はだれにも演技しなくていいよ。こうすれば君も、僕たちの婚約がいつまで続くのかとか、その結果どうなるかについて、間違った考えを持たなくてすむからね」

なんて人なの！　私に警告しようってわけ？　チェルシーは深く息を吸い込んだ。かっとしてはだめだ。彼女は冷たい声で辛辣《しんらつ》に言った。「心配しなくても、あなたは安全よ。私は結婚する気なんて毛頭ないんだから。今後ともね。たとえするとしても、あなたは候補者リストの一番下だわ」

チェルシーは口をつぐみ、クインがその興味深い宣言をじっくり吟味する時間を与えた。これからロンドンまで帰るあいだ、ずっとののしり合うなんて意味がない。そんなことは自分の品格を下げるし、非生産的だ。それにしても、めったなことで冷静さを失わない私が、この人に対してはどうしてこうしょっちゅう度を失いそうになるのだろう。

チェルシーはロンドンに着くまでおとなしくしていた。そしてクインがオフィスの前に車を止めたとき、シートベルトをはずしてきっぱり言い渡した。「休暇はキャンセルするわ。お母さんには謝っておいてください。こんなに短期間に仕事を整理するのは無理だったからって」

クインは私を無理やり引きずっていくことはできない。それに彼も、ルックスがよく魅力的で、社会的地位と莫大《ばくだい》な財産があるからといって、いつも自分の好き勝手はできないのだということを、そろそろ学んでいい時期だ。

チェルシーは首を傾けてクインをながめた。その視線は語っていた。〝さあ、どうする？　あなたが答える番よ〟そしてクインも無言の挑戦を受けて立ち、確固とした目で見返した。

「好きにすればいい。だけど警告しておく。僕がせっかく立てた計画をキャンセルするほど君が心得違いをしているなら、僕も遠慮なくマイルズのところに行き、婚約は全部つくり話で、君が彼の裏をかくために考えたことだと言うよ。そうしたら君は、昇進の望みとは永久におさらばしなければならない。そうだろう？」

チェルシーは体をこわばらせて目を見開き、彼を見つめた。今ではすっかりなじみになった、のんきそうでチャーミングな表情が、厳しい、ほとんど残忍と言っていい顔つきに変わっている。これがほんとうのクイン・ライダーなのだという冷酷な事実をチェルシーは認めた。自分の望むものを手に入れるためには何事も辞さない男。彼の望む時期に、望む方法で。

結局、彼の母親が住んでいるらしいシュロップシャー州のモンクス・ノートンに出発するべく、日曜の朝九時にクインが迎えに来たとき、チェルシーは何よりほっとした。金曜の夜と土曜は丸一日、新聞、雑誌、あるいはそういう類《たぐい》のものの攻撃を逃れるために、電話のプラグを抜き、狭い居間に閉じこもっていたのだ。

前は知らなかったが、今では痛いほどにわかっていることがある。ライダー・ジェム王国の総帥は、とんでもない有名人だということだ。並みいる独身者の中でも、もっとも裕福で、もっとも理想的な男性の未来の花嫁になるのはどういう気持かをききたがるマスコミから逃げていられるならば、こんなにありがたいことはない。

「きょろきょろするなよ」クインは地下の駐車場を歩きながら言った。片手でチェルシーの肘を持ち、もう一方で彼女のスーツケースをさげている。

「あの人たち、待ち伏せしてると思う？ ついてくるのかしら？」チェルシーは小声でささやいた。

「意志のあるやつは、どんなところにも現れる」クインが吐き出すように答える。

それはそうだろう。なんのことかきかないところを見ると、クインも彼らに悩まされていたとみえる。そもそも、なぜ彼はこの茶番劇にひと役買ったのだろうという疑問がわいてくる。なぜパーティーで声高にしゃべったり、ことさら体をさわったりしたのだろう。なぜわざわざ、その場にいる人みんなに婚約が知れ渡るようにしたのだろう。

それは、彼が光のような速度で頭を働かせたからだと自分で答える。私が、いいことを思いついたとばかり晴れ晴れと彼のところへ行き、二分間だけ婚約者のふりをしてくれと頼んだとき、彼は切れる頭でとっさに、これはサンディを追い払う理想的な手だてになると考えたのだろう。マスコミに追われるぐらいの不便さは、なんとでもなるからと。

車が静かな日曜の朝の通りへ出たとき、チェルシーはほっと安堵《あんど》のため息をついた。

「マスコミの人たちが手帳片手に、通りで張り込んでるんじゃないかと思ったわ」

「会社の広報担当者を通じて、二人は昨晩、ジェット機をチャーターしてバハマに婚前旅行に出かけたと発表しておいた。だから、新聞に僕たちが地球の反対側の海辺で、生まれたままの姿で日光浴を楽しんでいると書いてあっても驚かないでくれ。こうしておけば、しばらくでも彼らを追い払うことができる。家族以外はだれも、モンクス・ノートンの家のことは知らないからね」

チェルシーは顔を赤らめた。クインは、そのときどきの恋人と、別天地の島に二人きりでこもると世間に知られることに慣れているのかもしれないけど、私の女としての名誉はどうなるのだろう？　特に、〝婚約解消〟のニュースがマスコミに流れたあとは？

でも、女としての名誉になんかこだわる必要はない。職場の同僚はみんな、結婚の予定があろうとなかろうと、カップルは一緒に寝るのが当たり前と考えている。父の消息は長いこと聞いていないし、母は……母もどこにいるのやら、よくわからない。五年前私たち姉妹を見捨てて出ていったきりだ。残るは妹のジョアニーだけだけど、ジョアニーは今離婚の痛手を癒《いや》すために海外に行っているから、たぶん、姉についての途方もないニュースに気づかないだろう。たとえ新聞から記事が飛び出してきて彼女に噛《か》みついたとしても。

今になってみると、マイルズがなぜあんなに熱心に私を社長に推薦すると言ったのか、その理由がわかる。ギブ・アンド・テイクなのだ。君が昇進できるように力を尽くそう。その代わりフィアンセに、トリプルAがライダー・ジェムの広告担当代理店の最前列にすべり込めるよう、よろしく売り込んでくれというわけだ。そんな手柄を立てれば、マイルズは、ますます社長のおぼえがめでたくなるだろうから。

クインは私の言うことになど、ほかの人の耳のそばで蠅《はえ》がうなっている程度にしか注意を払わないことを、マイルズは知らないのだ。チェルシーが重々しいため息をつくと、クインが言った。「元気を出せよ。もう二十分ほどしたら、休憩してコーヒーを飲もう。そのときモンクス・ノートンのことを詳しく教えるよ。村と家のことをね。君はそこで過ごす時間を決して後悔しないだろう。約束してもいい」

コーヒーを飲んでふたたび出発するころには、チェルシーはリラックスし始めていた。クインが愉快な連れであることは否めない。チャーミングで、思慮深い。彼の話は知的で、同時にユーモアがあった。コーヒーブレイクのあいだ、彼がこちらの顔や体を品定めするように見たりしなければ、申し分なく楽しめただろうに。

たぶんクインは自分でも止められないんだわ。正真正銘の女たらしだから、品定めをするのが習慣になってるのよ。もう少し私のことがわかれば、私がどんな男の口説きにも無感動だと気づくだろうけど。それに、お母さんがいるかぎり、彼もめったなことはできないでしょう。妹たちもいるだろうし。

「私はあなたの妹さんたちとも会うんでしょう。妹さんたちは、お母さんと一緒に住んでるの？」

「エリカは、ちょうど君と同じぐらいの年齢で、今ノーフォークに住んでいる。幸せな結婚をして、もうじき二番目の子供が生まれる。キャシーは二十一歳で、家族の中で一番若い。今ロンドンの演劇学校に行ってるよ。突拍子もないアパートメントに、突拍子もない同級生と住んでいる。おもしろい子でね。君も好きになるよ。エリカはもっと沈着だ。いつもまわりのみんなの母親役をしようとする。生まれつき大人なんだね。考えてみれば、君はエリカとのほうが共通点があるかもしれないな」

それはほめ言葉とは思えなかった。私はみんなの母親役なんかしないけど、でも〝沈着〟とか〝生まれつき大人〟という言葉は？　クインはそんなふうに私を見ているのだろうか。もしそうだとして、それがなんだっていうの？

チェルシーは横を向いた。不意に涙がにじんできて、彼女は急いでまばたきした。クインの親切とは言えない意見のせいじゃない。もちろん違う。この二、三日の緊張のせいだ。ありがたいことに、クインは自分の考えにふけっている。そして今、窓の外に見え始めた景色はとても美しく、気を紛らすに充分だった。

初夏のシュロップシャーの田舎がこれほどすばらしいとは知らなかった。チェルシーは都会生まれの都会育ちだが、小さいころ家族でときどき海辺に行った。だが、やがて家族は崩壊への道をたどる。何ものも父母のあいだの溝を埋めることはできなかったのだ。

葉陰の小道は静かだった。たまに古い石造りの教会のある小さな村が現れる。コテージの庭には、色とりどりの花が咲き乱れている。どこもかしこも眠っているようで、土地も住民もまだ二十世紀の到来を待っているという感じだ。

チェルシーは窓を開け、うっとりして干し草のにおいのする空気を胸いっぱいに吸い込んだ。「もうすぐだ。ここで曲がるよ」クインが言った。車は二本の石柱のあいだを通り、森の真ん中に入っていった。大聖堂のような森だ。頭上をおおう新緑の若葉からもれた日光が、ぶなの太い幹を金色と緑のまだらに染めている。

二キロほど行くと森が開け、両脇《わき》に草地が広がった。家はその向こうにあった。灰色の石壁に切妻屋根、高い煙突。チューダー様式建築の逸品だ。

「なんてすてきなの。こんなに愛らしい場所を今まで見たことがないわ」チェルシーは目を見開き、家や四角に刈り込んだ低い生け垣、色あざやかな花の咲き乱れる花壇や、大きな石のアーチの向こうに見える頑丈そうなガレージと馬屋をながめた。

「気に入ってくれてうれしいよ。前にも言ったけど、ここで過ごす日々を君は決して後悔しないはずだ」クインはポーチに続く石段の前で車を止めた。「君に、どうやってリラックスするかを教えてあげよう。君を初めて見て以来数週間というもの、そうしたくてたまらなかったんだ」

クインはいたずらっぽく目をきらめかせ、美しい唇を不謹慎にゆがめて、チェルシーの体のほうへ視線を移した。

ゆったりしたターコイズブルーのセーターと、細い白のジーンズは、エロティックな攻撃の防御には少しも役立ってくれなかった。悪魔のような目に見つめられて肌が熱くなり、神経がぴりぴり震えるのを、チェルシーは感じた。

つややかな漆黒の髪が、きちんとまとめたシニヨンから幾筋かこぼれている。クインはほのかにいい香りのする長い髪を手に取った。車の中の空気が突然活気づき、想像もしなかったような無言の切望に息づき始める。クインの手がやさしく耳たぶにふれ、信じられないほどのセンセーションを引き起こしたとき、チェルシーは心の中で拒絶の叫びをあげた。

彼女は歯を食いしばり、体を硬くして、さわるのはやめてという言葉を押し殺した。そんなことを言えば、クインの何げないしぐさが、いかに彼女に大きな動揺を与えるか知られてしまう。抗議なんかしたら、かえって彼の強力なパワーを目覚めさせるだけだ。クールなふりをするほうがいい。彼の手がふれたって、なんにも感じないふりをするほうが。

落ち着きなさいと、チェルシーはどきどきする胸に命令した。そのとき彼女は、勢いよく自転車のペダルをこいでやってくる人影を目にして、助かったと思った。「だれかが来るわ」彼女は言った。情けないことに熱っぽいかすれた声しか出ない。

「そして行ってしまう」クインは手を引っ込め、クラクションを鳴らした。自転車に乗っているのは三十代半ばぐらいのしなやかな体つきの女性だ。彼女は立ち止まって手を振り、そのまままたペダルをこいで行ってしまった。女性が森の小道に消える前に、チェルシーは落ち着きを取り戻し、車のドアを開けて、暖かな日ざしの中に降り立った。

「ミセス・クランフォースだ。村に住んでいる」クインは車のキーをポケットに入れ、チェルシーのほうへ歩いてきた。彼女は突然感じたエロティックなときめきを無視しようと努めた。「子供がみんな学校へ行くようになったので、うちに手伝いに来てくれてるんだ。料理とか、掃除とかをね。九時半から四時までで、土曜日は休み。日曜は午前中だけ来て、昼食の支度をすませて帰る」クインはチェルシーの肩に手を回した。彼女は身をすくませた。「僕が来ないときは、家のほこりを払い、庭の世話をしているジェリー・ミークスのために紅茶をいれるのが彼女の役目だ」

するとクインの母親は家庭的なタイプで、自分のための食事は自分でつくるらしい。いいことだ。チェルシーの母親は、せいぜい缶詰を開けるぐらいのことしかしなかった。

「いらっしゃい、あなたたち！」透き通った鈴のような声に、チェルシーは開け放された正面玄関のドアを振り返った。彼女はすぐにさっきの考えを訂正した。

銀髪を優雅にまとめ、目立たないけれど完璧《かんぺき》な化粧をした、小柄でエレガントなこの女性がクインの母親なら、豊かなヒップにギンガムチェックのエプロンをして、ステーキやキドニー・プディングをつくる母親のイメージとはほど遠い。

「クイン、ダーリン、もう一時間も前から待っていたのよ」小柄な女性の賢そうな目が、チェルシーの肩を抱く息子の手をちらりと見る。チェルシーは顔を赤らめた。まるで夫人が、その力強く男らしい手から伝わる震えるセンセーションに気づいていて、かすかに哀れんでいるという気がしたからだ。

母親というものは、息子のことを何から何まで見通している。ミセス・ライダーは、クインが女性を利用し、熱が冷めて飽きがきたらぽいと捨てるのを知っているのだろう。

哀れまれていると思うと、チェルシーは愕然《がくぜん》とした。彼女は挑戦するようにあごを上げた。私はクインの女じゃない。決してそうはならない。

「途中でコーヒーを飲んだんだけど、それが予定外に時間を取っちゃってね。彼女と一緒だとあまりに楽しくて、急ぐ気になれなかったんだ」クインがぬけぬけと言う。チェルシーは彼の顔をぶってやりたくなった。ミセス・ライダーは婚約劇の顛末《てんまつ》を知っているんだから、しらじらしい嘘を言わなくたっていいでしょう。

クインはチェルシーの後ろに立ち、両手を肩にかけていた。まるで逃げ道をふさいでいるようだ。そして自分の目的のために彼女を支配し、操作しているかのようだ。彼は溶けた蜂蜜《はちみつ》のようなやわらかい声で言った。

「母さん、この人がチェルシーだ。彼女のことはすっかり話しただろう。二人が大の仲よしになってくれたらうれしいよ。僕が荷物を運ぶあいだ、ゆっくり話をしていてくれ」

クインは肩に置いた手に一瞬親しげな力をこめると、車のほうに行ってしまった。彼の母親が言う。「どうぞエレインと呼んでくださいな。さあ、入ってちょうだい。何か冷たいものがほしいでしょう。この二、三日はたいへんな騒ぎだったでしょうからね」

チェルシーは、人の心をかき乱すクインのそばから離れられるなら悪魔と一緒に地獄に行ってもいいと思いながら、美しく装った夫人と並んでメインホールに入っていった。意気地なしだと自分でも思うけれど。

これまでは男性が言い寄ってきても、魂胆が見え見えの場合でさえ、うまくあしらうのは簡単だった。それなのに、クインが目もくらむほどの魅力を向けてくると、どうしてこんなに動揺してしまうのだろう。彼はほかの男と少しも変わらないのに。

そうじゃない、彼はほかの男と全然違うという声が頭の中で聞こえる。チェルシーはそれを無視し、彼の母親の家を鑑賞するほうに気持を切り替えた。それはむずかしいことではなかった。メインホールがすばらしかったのだ。

明らかに居間として使われているらしいメインホールは、家の端から端まで長さがあり、美しい彫刻のほどこされた階段が二階のギャラリーへと続いている。縦仕切りをつけた窓から差し込む暖かな夏の日差しが、濃い茶のオークの床に金色の日だまりをつくり、板張りの壁の上にも反射している。

「すばらしいお部屋ですね」チェルシーは心から言った。ここは彼女のモダンで高価なアパートメントを圧倒し、生まれ育ったステップニーの天井が高くて狭い家よりはるかに勝っている。

「クインはこの家を見て、ひと目で気に入ってしまったの。彼はいつもそうなのよ。何事にもめったに心を動かされないんだけど、いったん気に入るとのめり込むたちでね」

「それはいいですね」この美しい古い家には鎮静効果があるらしく、チェルシーはマイルズ・ロバーツの問題が起きて以来感じたことがない平和な気持になっていた。たまには寛大になってあげてもいい。「お母さんのためにこんなすてきな家を用意してくれる息子さんがいて、お幸せですね」

「ええ、でも私はここに住んでいるんじゃないのよ。少なくとも継続的にはね」エレインは少しおもしろそうに言った。チンツ張りのアームチェアが、暖炉を取り囲むように並べてある。暖炉には、ペイルブルーのひえんそうを生けた陶器の花瓶が置いてあった。「どうぞ、お座りになって。今お約束の冷たい飲み物を持ってくるわ。ええ、そうなの。ここはクインの家なのよ。父親が亡くなって、クインが会社を継いで以来、彼はスーツケース片手にあちこち飛び回っていたんだけど、三年前に落ち着こうと決めて、この家を見つけたの。ずいぶん探し回ったあげくにね」

エレインは氷とレモンが入った無色の泡立つ飲み物を運んできて、向かいの椅子に座り、黒い絹のストッキングをはいた脚をエレガントに組んだ。

「私はパリにアパートメントを持ってるの。でも、ときどきはここへ来るわ。クインは、私が彼を監督するためだと思ってるみたいだけど」エレインは黄色っぽい目を温かくきらめかせた。とてもチャーミングだ。「でも実のところ、私は年齢を感じ始めてるのよ。パリでの目まぐるしい社交生活に疲れてくると、ここに来て充電するの。田舎暮らしはとても楽しいわ。息子にはほんとのことを言ってませんけどね。私にも守るべきイメージというものがあるでしょう。もし彼が、かわいそうな年取ったおふくろさんはそろそろ田舎に引っ込むつもりなんだと思ったら、ますます手がつけられなくなるわ。クインのように自信家で強気の息子を持つと、親もうかうかできないのよ」

「わかります」チェルシーは笑って、ウオッカ・アンド・トニックを飲んだ。クインのような男の首ねっこを押さえておくのは、不可能でないとしても、むずかしいことだろう。

「今度はあの突然の婚約発表の事情をくわしく話してちょうだいな」エレインはいたずらっぽくほほ笑んでうながした。クインがあの途方もない魅力をだれから受け継いだかは一目瞭然《りょうぜん》だ。「あれは便宜的なつくり話だとクインから聞いてるけど、ああいう息子だから、くわしいことは母さんに関係ないって説明してくれないのよ。だから、全部話してちょうだい！」

それでチェルシーは、そもそもどうしてこんなことを始めたのか、そのあとどうなったのかのいきさつを話した。サンディの名前を出したとき、エレインの細い眉が上がった。たぶんクインは、サンディのことは、頭のいい洗練された母親にもうまく隠しおおせていたのだろう。

エレインは立ち上がり、飲み物のお代わりを持ってきた。そして半ばおもしろがっているように言った。「それでクインは騒ぎを避けて、あなたをここへ連れてきたってわけ？彼は女の人をここに連れてきたことは一度もないのよ。ここは聖域だからと言ってね。家族以外でこの家のことを知ってるのは、個人秘書の中でも一番古い人だけよ。それも電話番号を知っているだけなの。よほど緊急のことが起こった場合には連絡が取れるようにしてあるの」

「それはマスコミ対策でしょう。彼は私をマスコミから引き離しておきたかったんです。私がプレッシャーに負けて、婚約の話はでたらめだとつい白状してしまうんじゃないかと思ったんでしょう。そうなったら、かわいそうなサンディをどうやって追い払えばいいんです？」そう言いながらチェルシーは眉根を寄せた。でも彼はすでにマスコミの関心をうまくそらしたと言っていた。少なくとも、会社の広報担当者を通して。

エレインはそっけなく言った。「サンディに同情する必要はないわ。それに、あなたが秘密をもらすはずがないのは、息子もよくわかってるでしょう。そのいやな男、ロバーツという名前だったかしら、その人がだまされた腹いせをしてくる可能性があるかぎりはね。ああ、来たのね、ダーリン。あなたも冷たいものをどう?」

クインは階段を上ったり下りたりして荷物を運んでいたが、チェルシーはわざと彼を無視していた。エレインと話をするのは楽しい。彼女のことがだんだん好きになってくる。だがクインが母親の椅子の肘に座ってにっこりとほほ笑みかけてきたときは、思わず警戒心を解いて笑い返してしまい、あとで後悔した。「僕はいいよ、母さん。チェルシーを部屋に案内しようと思うんだ。彼女も昼食の前にひと息つきたいだろうからね」クインは無造作に立ち上がり、手を差し出したが、チェルシーはそれを無視した。当然だわ。その手を取るほど私はばかじゃない。とんでもない話だ。

「それじゃ、またあとで。急がなくていいわよ。お昼は冷たい料理だから、時間は気にしなくていいの」エレインはそばの雑誌を取り上げた。

チェルシーはクインのあとをついていくほかなかった。階段を上がるとギャラリーがあり、部屋がいくつも並んでいた。床に敷かれた絨毯《じゅうたん》は分厚くて豪華だ。おそらく値段がつけられないほど高価なのだろう。

「君には一番奥の部屋を使ってもらう。僕の隣だ」少し開いたドアから見える部屋は、とても美しかった。チェルシーは戸口で首をかしげ、クインを見上げた。

どうして彼は私を無理やりここに連れてきたのだろう？　私たちはほとんど他人のようなものだ。モンクス・ノートンは聖域で、女友達はもちろん、仕事仲間さえその存在を知らないという。マスコミの問題は片がついた。だったら……。

チェルシーの目をとらえたクインの目は熱っぽく、いつもより暗くかげっている。その目がゆっくりと唇に下りてきて、同時に彼の口もとがゆるんだ。そのとき、チェルシーは知った。

自分をごまかすのはもうやめよう。彼がなぜ私をここに連れてきたのか、私にはわかっている。彼は私に性的な関心を持っているのだ。この婚約騒ぎが始まる前から、そのことは感じていた。でも認めようとしなかった。彼の関心ありげなそぶりは単なる習慣なのだと考え、言葉と体のメッセージを無視した。認めたくなかったからだ。認めれば、それと向き合わなければならないから。

今向き合わざるをえなくなり、チェルシーはとても神経質になっていた。彼女が小さく息をのんだのを合図にしたように、クインは彼女を部屋に引き入れてドアを閉めた。わけがわからないうちに、突然クインの体がすぐそばにあった。胸から腿までふれ合っている。彼の体温に体が焼けるようで、チェルシーは息ができなくなった。頭がくらくらして、何がなんだかわからない。

そのときクインの唇がチェルシーの唇にふれ、たちまち彼女を嵐《あらし》の渦に巻き込んだ。彼の唇はなんの要求もせず、やさしく説得するように動いた。羽のように軽いキスは、彼女に火をつけ、呼吸を浅く速くした。頭の中がぼやけて真っ白になり、妙に重かった。まるで命令でもされたように、チェルシーの唇も自然に開いていった

一瞬クインは動きを止め、それからハスキーなうめき声をあげると、官能的な猛攻撃を始めた。クインは唇をむさぼりながら、チェルシーを激しく鼓動を打つ自分の胸に強く抱き寄せた。彼女も我知らずクインの首に腕を巻きつけていた。頭がおかしくなりそうなセンセーション以外、何も感じられなかった。

こんな感じになったのは初めてだ。ロジャーと恋をしていると信じていたときでさえ、こんな……こんな激しい感覚は知らなかったし、激情におぼれたこともなかった。いったい私に何が起こっているのだろう？　彼が蜜のように甘い舌をからませてくる。それなのに、私は全然かまわないと思っている……。

クインが頭を上げたとき、チェルシーは小さな抵抗の声をあげた。クインは首に巻きつけられた彼女の腕を引きはがした。目の焦点がようやく合ったとき、彼の目が満足げにきらめき、唇がゆっくりと官能的にゆがむのが見えた。「今のところはここでやめておこう。そうでないと、おふくろは僕らが彼女の冷たい料理とは別の方法で食欲を満たしたんだろうと結論づけるだろうからね」彼はチェルシーの開いたままのはれている唇を指でなぞっ

た。「十分後に下で会おう」

クインは不意に頭を下げて軽い別れのキスをすると、チェルシーの麻痺《まひ》したような体をドアの前から移動させて出ていき、後ろ手にドアをかちりと閉めた。

5

十分、とクインは言った。十分後、階段を下りていきながら、チェルシーはまだ腹を立てていた。

午後じゅうずっと部屋にこもっていたかったが、そんなことをしたらクインに、私が精神的に動揺していることがわかってしまう。それは困る。絶対に困る。

クインのうぬぼれは、すでに手がつけられないほどふくれ上がっている。彼は自分を神の授かりもの——あるいはそれ以上の存在だと信じている。だから自分のキスが相手の内に嵐《あらし》を引き起こしたと知ったら、彼はとどめを刺すような手段に出てくるだろう。

肉体的にどれほど混乱したかについても、彼は知る必要がない。ありがたいことに彼は自分の影響力に気づいていないようだから、さっきのようなことは日常茶飯事だとばかりに問題にしなければいいのだ。それは、彼がまた何かを試みようとしたときの強力な防御の武器になる。

こんなところに来るんじゃなかったと遅ればせながら後悔しつつ階段を下りていくと、

エレインがそばに来た。彼女がいてくれてよかった。できるだけふつうの客のようにふるまわなければと思う。「お食事は朝食用の部屋でしましょう。メインのダイニングルームよりくつろげるし、キッチンにも近いしね」エレインは親しげにチェルシーの腕を取った。「午後はクインに家の中を案内させるわ。どこに何があるか知っておいたほうがいいでしょう」

いいえ、けっこうです、とチェルシーは心の中で思った。彼はまっすぐ寝室に向かうだろう。チェルシーは気軽に笑ったつもりだったが、喉にひっかかるような声になってしまった。「男の人って、そういうことは苦手でしょう。お時間のあるとき、お母さまが案内してくださいませんか?」エレインは不審そうな目でこちらを見たが、チェルシーは壁にかけられている水彩画に必要以上に興味を引かれたふりをしてやり過ごした。

クインはすでに朝食用の部屋にいて、白ワインのボトルを開けていた。チェルシーは自分の顔が赤くなるのがわかった。いかに自分が彼にキスを許し、自らもキスを返したかを思うと、これから何カ月も悪夢にうなされそうだ。

あんなふうになったのはウオッカのせいだと思い、チェルシーはワインを断って半ばうわの空で料理を口に運んだ。まわりのことも、自分が何を食べているかも意識していなかった。意識しているのはクインのことだけだ。円テーブルの向かい側にいる彼の大きな体や、こちらを見る半開きの物憂げな目、唇のあたりに浮かぶおぼろげなほほ笑みや、満足げな様子！

チェルシーはできるかぎり会話に加わろうと努力した。たぶん彼女の言ったことは、よくても無意味で、たいていはばかげていただろう。

「コーヒーはメインホールで飲みましょう。どうぞ先に行っていらして。私が持っていきますから」エレインが言ったとき、チェルシーははじかれたように立ち上がった。

「お手伝いさせてください」それは心からの叫びだった。この先一秒だってクインと二人きりになりたくない。

「母はコーヒーポットぐらい一人で運べるよ」クインはもっともなことを言い、手を差し出してチェルシーの手首をぎゅっと握った。

彼の手はまるで焼きごてのようだった。チェルシーは、エレインが部屋を出ていくとすぐその手を振り払い、赤くなった肌をごしごしこすった。青い目に嵐のような雲がかかっている。

「私にさわらないで！」

「まるでビクトリア朝時代のメロドラマのヒロインだな」クインはにやにや笑っている。何を言ってもあわてない。信じられないぐらい落ち着いている。でも、自分の意思を通せなかったときはそうじゃなかった。あのときは、彼の強い性格にひそむ別の側面を見た気がした。どっちの面をより恐れなければならないかは、わからない。

でも彼には、私が迷子の子猫のように戸惑っていることに気づかれたくない。

「一時間前、君は抵抗しなかったけどな」クインは穏やかに言った。

「不意をつかれたからよ。二度とおかしなことをしないでね」

チェルシーは背筋を伸ばしてさっさと歩き出した。ほんとの女たらしだわ！　自分が気まぐれな興味を持った女は、手を出しさえすれば自分のものになると思い込んでいる。でも今度ばかりはそうはいかないわよ。ふくらみすぎたうぬぼれをぺしゃんこにしてあげるわ。チェルシー・バイナーが彼に負けず劣らずクールで感情に流されないことを知ったら、クインはショックで当分立ち直れないでしょうよ。

クインに婚約者の役を頼んで以来、自分がクールではなくなり、感情に流されていることはあまり考えたくなかった。チェルシーはさっきと同じアームチェアに腰を下ろし、エレインが読んでいた雑誌を取り上げた。そしてコーヒーカップがふれ合う音が聞こえるまで顔を上げなかった。

「クインはいないの？」エレインの声に、チェルシーは隠れ場所の雑誌からこわばった顔を上げ、小さくほほ笑みながらかぶりを振った。

「だったら、私たち二人だけね。さあ、どうぞ。お砂糖はご自分で入れてね」彼女は首をかしげた。「あなたたち、けんかでもしたの？」

「まさか、違います！」チェルシーは嘘《うそ》をついた。あなたの息子さんは寝室に着くとすぐ私を誘惑しようとしたと話したら、エレインはなんと言うかしら。すると顔に血が上ってきた。途中で誘惑を打ち切ったのがクインのほうだったこと、そうでなければ自分の裏切り者の体は、クインの望む方向へどこまでもついていっただろうということを思い出したからだ。「私たち、けんかをするほどお互いのことを知らないものですから」チェルシーは急いで言った。ライダー・ジェムのパーティー以来、自分たちが何かにつけ、けんかばかりしていることは棚に上げておく。

幸いエレインはそれ以上追及せず、庭の話を始めた。チェルシーは、敷地を案内しようというエレインに喜んでついていった。平和な風景をながめながらゆったり散歩でもすれば、寝室での不面目な出来事にも冷静な判断が下せるかもしれない。

しかし、結局そんなチャンスはなかった。丸石を敷いた庭を通って家の裏手に出たとき、チェルシーは息が止まってしまった。声もあげられず、どんな言葉も浮かばない。

「びっくりしたでしょう?」エレインはわかるわと言うようにほほ笑んだ。「最初はみんな、そういう顔をするのよ」

まるで大きな遠洋定期船のデッキにいるかのようだった。あざやかな緑の、なめらかに刈られた半円形の芝生の向こうは、切り立った崖《がけ》のように急速に落ち込んでいて、そこからは見渡すかぎり森林が広がっている。目線の下にある木々のてっぺんは、夏の微風にまるで波のように揺らぎ、それが青い水平線まで果てしなく続いている。

「断崖《だんがい》の道を通って下へ行くこともできるのよ」エレインが説明した。「小さな谷まで下りると、川が流れていて、泉で泳ぐこともできるわ。ここからは見えないけど、森の中には広けた草原もあるのよ」

「一人では絶対に下りてはいけない道だけどね」後ろで声がした。物柔らかだが、鋼のように厳しい警告口調だ。エレインはほほ笑みながら振り返った。

「クイン、行方不明になったのかと思ったわ」そう願いたいものだ、それも永久に。チェルシーは思った。せっかくリラックスしかかっていたのに、また神経がピアノ線のように張りつめてくる。エレインが息子と腕を組みながら続けた。「チェルシーに森の泉や、ブルーベルの咲く空き地のことを話していたの。でも、もうそろそろブルーベルの咲く季節も終わりかしらね？」

「ああ、話は聞いていたよ」クインはブルーベルに関する質問は無視した。彼がまっすぐチェルシーを見ているのは振り返らなくてもわかった。からかうような、愛撫《あいぶ》するような視線を感じるからだ。まるで今までになかった感覚が突然芽生えたかのようだった。彼とは目を合わせたくない。あのきらきら光る、悪魔のような金色の目の奥に、さっきの出来事を思い起こさせるものがあるのはよくわかっていたからだ。

チェルシーは揺れる木々のてっぺんにじっと目を向けていた。あの森林のあいだに入っていきたい。彼から離れて、彼の見えないところに行きたい。そもそもこんなところへ来るんじゃなかった。

「もし泳ぎたいなら、南側の庭に立派なプールがあるじゃないか。わざわざ断崖を下りていくよりずっと安全だ。どういうつもりだい、母さん。チェルシーを追い払いたいのかい?」

やさしくからかうような口ぶりから、クインがいかに母親を愛しているかがわかった。エレインは怒ったように言った。「何を言うの。私はただ、あなたの土地の美しさを吹聴《ふいちょう》していただけよ」

それでは、クインがこの土地全体の持ち主なのだ。彼が自分を全能だと思い込むのも無理はない。

「そうだわ、二人で泳いできたら? 私はそのあいだにたまった手紙の返事を書いてしまうから」エレインが言った。

断る口実を見つけるのは簡単だった。

「水着を持ってきてないんです。ですから、残念ながら今回は遠慮しておきます」クインの水着姿なんて見たくない。第一、彼が隔離されたプールでどんな気ままな行動に出るか、わかったものではない。だが安心したのもつかの間、クインが口をゆがめて虎《とら》のようなほほ笑みを浮かべた。

「キャシーの持ち物の中にチェルシーの使えるものがあると思うよ」

「ほんと、そうだったわ。どうして思いつかなかったんでしょうね。下の娘は、どこに行っても服の半分は置いていくのよ。それでいて、いつも着るものがなんにもないってぼやいてるの。探してみて水着があったら、お部屋に届けておくわ」

「はい、ありがとうございます」チェルシーは当惑しきって、歩いていくエレインの後ろ姿を見送った。何か言い訳を見つけて彼女と一緒に行きたい。クインと二人きりになるのは困るのだ。

だが頭は少しも働いてくれなかった。「君と話がしたいんだ。どこかに座らないか?」クインが気軽にチェルシーの肩を抱いた。

チェルシーは飛び上がった。彼がちょっとさわっただけで、電流がびりびりと体を走る。クインは彼女の反応に気を悪くしたようだったが、やがてにっこり笑って自分の手を引き、両手を上げてみせた。

「ほら、さわらないよ。話をするだけだ。約束する!」

いったいなんの話があるっていうの? チェルシーは彼のあとをついていきながら思った。例のいまいましい婚約のことなら、必要な話し合いは全部したはずよ。

もしクインが、こんな面倒に巻き込まれたことに文句を言いたいなら、たしかに最初に言い出したのは私だから、その非難は甘んじて受けよう。もっともクインには、きっぱり断るチャンスがあったはずだ。でも彼はそうしなかった。うるさいサンディを追い払う格好の口実になるからと引き受けたのだ。

クインは緑の円形劇場と、囲いをつけた庭とのあいだの天然の区切りになっている芝生のスロープに腰を下ろした。庭の向こうには、花をつけた灌木《かんぼく》のすきまから青緑色に光るプールが見える。

クインは横の芝生をたたき、自分は頭の後ろで手を組んであおむけに寝そべった。日光が、豊かな黒髪に交じる数本の銀髪をきらめかせ、頬骨とあごの攻撃的な輪郭を目立たせている。

チェルシーは、際立った彼の容貌《ようぼう》から視線をそらし、安全な距離を置くと膝を立てて座った。

「平和だよな」クインが言った。「僕はこの場所が好きなんだ。ここにいるときだけ、完全に肩の力を抜いてリラックスできる」

「あなたはいつだって、とてもリラックスして見えるのに。人生をあるがままに受け入れ、それをあらゆる面で楽しんでいるって感じ」

「外見なんて当てにならないよ」クインは首を回し、膝を抱えた防御の姿勢を取っているチェルシーを半開きの目でながめた。「ライダー・ジェムを統率し、それにかかわる全員から最良のものを引き出し、常に企業としての成長を図るのは、そんなに簡単なことじゃない。僕はいちおうやりこなしてると思うが、でもだからといって、いつも駆け足で歯を食いしばり、顔をしかめていなきゃならないってわけでもない。いかに自分ががんばっているかを示すためにね！」クインは彼女の目をのぞき込んでほほ笑んだ。チェルシーはうれしさに胸がきゅんとなった。悪魔の魅力には、けちもお金を手放すという。不運なことに、クインはそれを知っている。「でも今は、僕のじゃなく、君の仕事の話がしたいんだ」

チェルシーは驚いた。偏見かもしれないが、クインは女性について本気で考えたことなどないと思っていた。考えるとすれば、この女はベッドでどんなふうだろうということぐらいで、表面的なことしか知りたがらず、その女性が人間としてどんなことを考えているのかなどに興味を持たないのだと思っていた。女性は単に彼の楽しみのために存在しているぐらいにしか思っていないのだと。

「何を知りたいの？」でも、この話題なら安全だ。仕事のことはすべて知り尽くしているし、誇りも持っている。クインは彼女のほうに体を向けて手で頭を支えた。金色の目が、興味ありげに輝いている。

「すべてだよ。この仕事に入ったきっかけ、トリプルＡでコマーシャルをつくるようになったいきさつ。一流の広告代理店だから、ばかならここまでやってこられなかっただろうな」

「もちろんそうよ！」チェルシーは笑い、高校を卒業後カレッジの秘書科に通い、トリプルＡに就職し、夜間学校でさらに技術を磨き、秘書として異例の昇進を遂げ、ＴＶ広告部部長つきのアシスタントになったいきさつを話した。マイルズの下で働きながら、コマーシャル・フィルムのあらゆる側面を学び、自分自身の顧客リストをつくり、最後には実質上、TV広告部を統率するようになったことも。

「そのあとのことは、知ってるでしょう」チェルシーはすっかりリラックスして、空いた手でデイジーを摘みながら話した。

「非常に印象的な記録だね。さぞかし献身的に仕事をしたんだろうな」

チェルシーはぶっきらぼうにうなずいた。仕事は彼女の人生で唯一大切なものだった。そのことは後悔していない。そうしようと計画したたし、感情を抑えてきた。感情などというものがすっかりなくなるまで。存在しなければ、傷つくこともない。

クインは草の茎を噛《か》みながら物思いにふけっていたが、やがて鋭い目をチェルシーに向けた。「どうして君がマイルズ・ロバーツに勝手な真似《まね》を許したのかわからないな。君は女性にしてはまっすぐな性格をしてる。マイルズ・ロバーツを通さず、直接トップに部長のポストを志願すればよかったんじゃないか?」

たいへん筋の通った考えですこと。チェルシーはいら立ちを抑えた。えらそうに、女性にしてはまっすぐな性格をしているなどと言われたのも気にさわる。「そのとおりよ。でも、あなたはうちの社長を知らないでしょう。知っていれば、そんなことは言わないはずよ。サー・レオナードは典型的な男性優位主義者なの。女性は管理職に向かないと思い込んでいるのよ。ましてや役員なんてとんでもないってね。私が志願しているポストは役員職も兼ねているの。私が自分でマイルズの後任に立候補したって、まったく考慮してくれなかったでしょう」彼女はうわの空でデイジーを摘み続けた。「でもマイルズにはそんな偏見はないし、私が彼の後任でうまくやっていけることを知っているわ。だから私は、マイルズの推薦と、私の実績の両方があれば道は開けるかもしれないと考えたの」

「だが、あいつは自分の影響力を利用して君を脅迫した」クインはまたあおむけに寝そべり、目を閉じた。「それはもっとたちの悪い男性優位主義だな」

「あなただって、私を脅迫してここに連れてきたじゃないの」人のことをとやかく言えた義理かしらとチェルシーは思った。

「言っただろう。君はここに来たことを決して後悔しないだろうって」クインはのんびりと言った。

この場所を知ったことは後悔してない。来てまだ間もないのに、すでにここの完璧《かんぺき》な静けさと、時を超越した美しさが私に魔法をかけ始めている。でも、クインは私を誘惑するためにここに連れてきたのではないかという、いやな予感がするのだ。マスコミの騒ぎを避けるためなんて口実だ。あの寝室での出来事が、そして彼の私を見る目つきが、その感を強める。もし彼の誘惑に負けてしまったら、私は一生後悔するだろう。

いったん恋人同士になったら、クインを忘れるのがいかにつらいかはよくわかる。そのことは多くの女性たちが身をもって体験したに違いない。私はその種の面倒にかかわりたくない。

穏やかならぬ思いにふけっていたので、チェルシーはクインが何か言ったとき、もう一度きき返さなければならなかった。クインは起き上がり、彼女のほうを向いた。

「ほかの仕事や、ほかのチャンスもあるんじゃないかと言ったんだよ。君はマイルズに消え失《う》せろと言って、君の才能が評価され、正当に報われる職場に移ればいいんだよ」

クインはこのうえなくまじめな顔をしていた。彼は熱心にチェルシーを見つめ、それがとても重要だというように、彼女の答えを待ち受けている。チェルシーは肩をすくめて視線をそらした。クインの目を見ていると落ち着かない。自分の顔に気持が表れてしまうのではないかと思うからだ。もっとも、その気持というのがどんなものなのか、正確にはわからないけれど。

「どうしてそんなことをしなければいけないの？　トリプルAには友達もいるわ。いい友達がね。自分の顧客リストも持ってるし、仕事のことは表も裏も知っているわ。目指すものもわかってるの。社長に偏見があり、マイルズに節操がないからといって、なぜよそへ行かなければならないの？」

チェルシーは胸の中で熱い怒りがこみ上げてくるのを感じた。マイルズにあの下劣な提案を持ちかけられて以来くすぶっている怒りだ。クインはそれに気づいたようだった。

「そんなに怒るな、チェルシー。君は闘う決心をしたんだし、戦術そのものは正当と言えないにしても、ともかく目的は果たしたんだ。マイルズ・ロバーツは、うちの会社が広告部門を切るという仮定のもとに、仕事をトリプルAに回してほしがっているから、君の未来の夫、すなわち僕の機嫌を損ねないために、君の昇進を社長に強く勧めるだろう。婚約が公に破棄されるころには、君はTV広告部の部長におさまり、これ以上の適任者はいなかったと、みんなを納得させているだろう。その時点ではむろん、マイルズ・ロバーツは問題外になってるしね」

チェルシーはうなずき、細いうなじをあらわにして頭を垂れた。クインが言ったのは、彼女が繰り返し自分に言い聞かせてきたことだし、自分が出したのと同じ結論だ。すると、クインが彼女のあごに指を当てて顔を上に向けさせた。チェルシーは体をこわばらせた。彼がまたキスするつもりだと思ったからだ。

自分がどういう反応を示すかと思うと、怖かった。だがクインは急に考えを変えたように、冷めた目で鼻の先に短いキスをした。そしてチェルシーが摘んだデイジーで器用につくった王冠を彼女の頭の上にのせた。

「そんなにぴりぴりするなよ、プリンセス。すべてうまくいくさ」クインは身軽に立ち上がり、ぴったりしたクリーム色のズボンから草を払った。そして手を差し出してチェルシーを助け起こし、すぐにその手を放した。そして友好的ではあるが、感情のこもらない声で言った。「さあ行こう。母はこのぐらいの時間にお茶を飲むのが習慣なんだ。晩はミセス・クランフォースがいないから、外に食べに出よう。たいした店はないが、料理せずにすむからね。料理をするには、今日は暑すぎる」

夜になっても暑さは変わらなかった。チェルシーは長い黒髪にブラシを当てていた。蒸し暑く、シャワーを浴びたのにまだ肌がべとべとしている。ナイトドレスが肌にくっついた。

ほかの部屋と同様、チェルシーの寝室も美しかった。家の中はお茶のあとにエレインが案内してくれた。それからクインは二人を村のパブへ連れていった。かつてはウェールズの中心部へ向かう旅人たちの宿泊所だったところだという。

ベッドは四柱式で、豪華な刺繡《ししゅう》入りの布が下がっていた。家具は本物のシェラトン様式だ。少なくとも、本物だろう。クイン・ライダーの裕福さと趣味を考えると、イミテーションを並べるとは思えないからだ。彼は次善のもので満足する人ではない。

いくら四柱式ベッドで眠るのが楽しみでも、まだ寝る気にならなかった。もう真夜中はとっくに過ぎている。パブから帰ったあとは、エレインとずっと話をしていた。クインは自分の部屋へ戻ったのだろう。家に帰って以来姿を見ていない。

クインの部屋は、この隣だ。そう思うと背筋が妙にぞくっとする。チェルシーは開け放した窓辺に寄り、カーテンを開けて暗い外をながめた。

今日の午後話をしてから、チェルシーは我知らずクインに好意を持ち、親しい気持をいだくようになっていた。彼は、あれ以来ずっと模範的にふるまっている。一歩引いた感じで、故意に私と距離を置こうとしているかのようだ。

模範的すぎると言ってもいい。今夜の彼は、チェルシーがいつも用心している男とは全然違った。最初クインは、チェルシーに魅力を感じていることを、あらゆる言葉と、あらゆる目つきで伝えようとした。彼女自身はそれを認めようとしなかったが、あのキスのあとには、事実に向き合わなければならなくなった。

チェルシーは窓枠に肘をついて、かぐわしい夜気を吸い込んだ。事実に向き合うのは簡単ではない。特に私は、どうしてもクインに全身で応《こた》えてしまうからだ。クインは私のことをなんと言っただろう？　ぴりぴりしている？

チェルシーはかぶりを振った。ぴりぴりしてなんかいない。もっとも、クインが近くにいないときは、そうだけど。

クインを相手にしていれば、まじめな女性ならだれでも気持が不安定になるだろう。彼には生来のやさしさ、人なつこさがある。それが非の打ちどころのない男っぽさと結びつくと、強力なパワーになる。

森の奥でふくろうが物悲しく鳴いた。チェルシーはため息をついた。落ち着かず、気が立っていて、とても眠る気になれない。部屋はさっき灌木のあいだから見えたプールに面している。チェルシーは体を起こし、気を取り直した。

クインのことでくよくよしたってしかたがないわ。どうせこんな関係は、サンディが無駄な努力をしていることに気づいて身を引いたら最後、終わりになるのだから。クインの目つきを頭の中で再現してみたり、彼の言葉のニュアンスを分析したりするのは、まったく意味がない。彼のことを考えるのさえ意味がない。彼のことばかりに頭を占領されるのは、ますます意味がない！

エレインがキャシーのビキニをベッドの上に置いておいてくれたので、チェルシーはそれを引き出しにしまっていた。今、彼女は引き出しからそれを取り出し、小枝模様のコットンのナイトドレスを脱いだ。

こんな暑い夜にこそ、あのプールの利用価値がある。体を動かせば不安な気持も吹き飛ぶだろうし、プールの水はほてりを冷ましてくれる。そうすれば眠れるだろう。夢も見ずに、ぐっすりと。

キャシーの水着の趣味は、相当に大胆だ。チェルシーは鏡に映る小さな三角形の赤い布きれをながめながら思った。そしてバストは私よりだいぶ小さいらしい。彼女は顔をしかめ、セクシーなブラのフロントホックを留めた。昼間こんな格好ではとても外に出ていけない。でも夜なら、だれもいないから平気だ。

家から出るには思ったより時間がかかった。ほかの人の目を覚まさないように忍び足で歩かなければならなかったし、プールにたどり着くまで二回道に迷ったせいだ。だがとうとう行き着いたときは、うれしくて口もとがほころんだ。苦労しただけのかいはあった。月明かりに、プールの水がきらきら光っている。チェルシーはクッション入りの立派なデッキチェアが並んでいる横を通り、プールサイドでバランスを取ってから水の中に飛び込んだ。

水は肌にやさしく、温かだった。水を切って進むのは爽快《そうかい》だ。チェルシーは底のほうにもぐっていった。頭の中が真っ白になる。やがて肺が燃えるように熱くなってきたので、彼女は水面に上がり、目に振りかかる髪を払った。

「君も眠れないのかい？」低い、ハスキーな声がチェルシーを凍りつかせた。なぐられでもしたように頭がくらくらする。まばたきして水を払うと、パワフルな男の体がぼんやり見えた。月光がたくましい筋肉を浮かび上がらせている。と思うと、クインは完璧なフォームで水に飛び込み、楽々とチェルシーのそばまで泳いできた。

チェルシーは落ち着こうと努めた。クインが女性を口説くあらゆるチャンスを逃さない男だということはわかっている。彼への愚かな反応は、極力抑えなければならない。そうはいっても、濡《ぬ》れた肌と肌がふれ合ったときのセンセーションは耐えがたいものだった。チェルシーは今すぐここを出なければと思った。

月影に彼の目は暗く、底知れない光をたたえている。チェルシーはどうにか声をしぼり出した。「私はもう部屋に戻るわ。どうぞ一人でゆっくり泳いでください」彼と一緒になんて泳げない。彼のいたずらっぽい目や、よく動く手の標的になりたくない――とてもなれない。クインは私が経験したこともなく、望みもしない感情をかき立てる、あやしい魔法を知っている。

チェルシーは水をかき分け、プールサイドのはしごを登ろうとした。だが、そのとき強い手に腰をつかまれて金縛りにあったようになった。

「もう少しここにいてくれ」それは逃れようのない命令口調だった。低い、温かな声だが、絶対服従を強いるものだった。チェルシーの体から力が抜けた。クインが彼女を水の中に引き戻し、強く抱き寄せる。彼は短い水着だけを身につけていた。チェルシーは息ができなくなった。心臓が狂ったように激しく打ち始める。いつもの感覚がよみがえり、体に火をつける。

クインのたくましい肩と胸についた水滴が、ダイヤモンドのように光っている。チェルシーの目は、日焼けした胸に引き寄せられた。彼女の胸は激しく上下し、非実用的な赤い布の下で大きくふくらんだ。クインのたくましい胸に体を押しつけたくてたまらない。チェルシーのやわらかい唇が自然に開き、奔放にキスを誘った……。

クインはその唇をとらえた。彼が熟練した技で唇を探るあいだ、チェルシーはその場に釘《くぎ》づけになっていた。警戒心はどこかへ押しやられてしまった。

彼の舌のやさしくじらすような動きは、さらに親密さを深めていく。チェルシーは無我夢中で、もっともっと多くを求めた。いつの間にか腕を彼の首に巻きつけ、体を彼に押しつけている。自然な反応が、良識をいともたやすく忘れさせた。

「チェルシー……」クインは低くうめいた。キスはますます激しさと所有欲を増していく。チェルシーの体を夢中で撫《な》で回す彼の手が震えている。チェルシーの手が、思わず彼の男らしい背中の輪郭をたどろうとしたとき、クインは唇を引きはがし、彼女を抱き上げてはしごのほうへ歩き出した。

あとから思い出しても、どうしてそうなったかはわからない。だが、いつの間にか二人はデッキチェアに横たわっていた。クインの熱くなった体が、半ばチェルシーにおおいかぶさっている。彼の手が、誘うような胸のふくらみから平らなおなか、丸みを帯びた腰へとゆっくり下りていく。チェルシーは禁断の喜びに震えた。

意識が朦朧《もうろう》としたまま、チェルシーはクインの肩に腕を巻きつけた。彼は頭を下げ、炎のような軌跡を残しながら唇を彼女の肌の上にすべらせていった。チェルシーは息を止めた。彼女は情熱の波の中にどんどんおぼれていった……。

6

クインは低い、かすれたうめき声をたてて顔を上げた。彼の手は軽くチェルシーの腰に当てられている。指が敏感になった肌を焦がすようだ。クインの速い呼吸は、小さな赤い濡《ぬ》れた布の下でエロティックに上下する彼女の胸の浅い息づかいに呼応していた。

クインが突然キスをやめたので、チェルシーは、抵抗するようなつぶやきをもらした。

「気楽に、気楽に、スイートハート。時間はたっぷりあるんだ」クインはまるで速い鼓動を落ち着かせようとするかのように、彼女の胸に温かなてのひらを当てた。

なんのための時間？　愛する時間？　愛？　でもクインは愛してなんかいない。そうでしょう？　彼は女性に対してシニカルな見方をしている。そして私は、感情を排することをモットーにしてきた。私は苦い経験から、愛とは苦しいものだと知った。それは人を破壊し尽くす。そのあとは、二度ともとに戻れない。チェルシーはめまいがした。クインがいかに簡単に彼女の主義主張を変えることができるかに、恐れを感じたのだ。

「だめ！」チェルシーはささやくように言った。

月の影になったクインの顔の中で、白い歯がちらりと光る。彼の声は温かく、胸が苦しくなるほどにやさしかった。

「いいや、だめじゃないよ。僕は初めて会ったときから君がほしかった。そのクールで美しい外面の下にあるほんとうの君を知りたくてたまらなかった。だから、僕のかわいい人、もし僕がもう少し待てるなら、君も待てるはずだよ」

クインは私を誤解している！　早くしてほしいと焦っていると思っているのだ。誤解を解かなくては。でもクインの指が羽のように軽く肌をすべると、頭が混乱して言葉が出てこない。クインはチェルシーの唇に軽くキスすると、そばにすばらしい体を長々と横たえた。彼の体は彼女を焦がして火をつけ、その火は激しく燃えさかろうとしていた。

クインは片手で頭を支え、半ば閉じた目で、催眠術をかけるように彼女をながめた。もう一方の手は月光に白く光るチェルシーの顔を撫《な》でている。

「君が婚約者の役を演じてほしいと頼んできたとき、僕は自分の幸運が信じられなかったよ。前はほんの少ししか一緒に過ごせなかったのに、君は一生涯のチャンスを差し出してくれたんだからね」

彼の指は今はチェルシーの鎖骨のデリケートなラインをなぞっている。チェルシーは彼の目から視線を引きはがして黒いベルベットのような空にきらめく星をながめた。この蜜《みつ》のような甘い誘惑を終わりにしなければならない――なんとかして。

「ここに無理やり連れてくるチャンスでしょう」チェルシーはセンセーションと闘いながら言った。声が震えるのはどうしようもない。

「君がそう言うならね、僕の美しい人」彼の声はくぐもり、彼が呼び覚ました欲望と同じくらい暗くかげっていた。彼は胸の深い谷間に手をふれ、サイズの合わない赤いブラのフロントホックを、巧みに、すばやくはずした。

チェルシーは抑えた小さな叫びをあげ、片肘を立てて起き上がった。体全体が小刻みに震えている。

だが、その思慮のない動作は誤りだった。彼の唇があらわになった片方のつぼみにふれたとき、チェルシーはすぐにその間違いに気づいた。彼女はたちまち恍惚《こうこつ》感にとらわれ、闘うことはまったく不可能になった。クインの唇の動きは、彼女の理性を失わせた。いつの間にか彼女は、自分のものとは思えない声で懇願していた。

クインは顔を上げた。月影の中で彼の顔は厳しくこわばり、欲望をあらわにしている。その声は力強く、荒々しく、性急だった。

「君がほしい。心も体も。君がほしいんだ。僕のところへ来てくれ。僕の女になってほしい。僕の行くところに来て、寝るところで眠ってくれ。チェルシー……約束してくれ……」

クインの熱心な言葉が、頭の中のもやを一掃した。チェルシーは動けなかった。何度もつばをのみ込み、喉につかえたかたまりと闘った。クインは私に情婦になれと言っている。なんてことだろう。彼と一緒に住むですって？　彼が私に飽きるまでね。それはどのくらい？　一カ月？　二カ月？

チェルシーは傷ついていた。なぜだろう？　私の予想していたとおりなのに、なぜ傷ついたりするんだろう。私にはクインがどういう男かわかっていたはずなのに。

チェルシーは横を向いてデッキチェアを下り、持ってきたタオルをすばやく体に巻きつけた。

彼女は自分を軽蔑《けいべつ》した。心底軽蔑した。これはみんな私が引き起こしたことだ。私の直感は正しかった。私はクインを十メートル以内に近づけてはならなかったのだ！　彼が、差し出されたものならなんでも両手でつかむことは、わかっていたのに。私は、差し出してはならなかったのだ。

「落ち着けよ。いったいどうしたっていうんだ、ハニー？」クインも立ち上がった。ベルベットのようになめらかな声だ。彼は、自信という点では他の追随を許さない。自信が体じゅうから発散している。

チェルシーはクインの差し出した手をうまくよけた。彼は私が単純な女だと思っているのだろうか。それほど単純な愚かな女だと！　私は二度と彼にさわらせない。その結果どうなるか、よくわかっているから。

チェルシーは震える息を吸い込んだ。「どうしたかですって？　あなたの提案は断るということよ。私はあなたの愛人にはならないわ」チェルシーはあごを上げた。彼は私に正気を失わせる魔法をかけた。彼のあやしい魔法が理性を吹き飛ばし、私はいつの間にかこんなところまで来てしまった。いくらかでも威厳を持ってこの状況から脱するには、クインに、できるかぎりはっきりと簡潔に、私はそういうタイプの女ではないと告げるしかない。

私が男の人とベッドをともにするとすれば、それは私がその人を愛し、全面的に、永久にかかわる場合だけだ。でも私は恋に落ちることを、決して自分に許さない……。

「断るだって？」クインは顔と同じぐらい厳しい声で言った。「あくまで結婚を要求するってわけだな。できるだけ値段を高くつり上げるために、自分をとっておくのか？」

「結婚ですって！」チェルシーは自分でも驚くほど鋭い声を出した。クインの嘲《あざけ》りは許しがたかった。あまりに腹が立ったせいで言葉をつくろうこともできなかった。「結婚なんて、考えてもいないわ。私はばかじゃないし、結婚した結果、人がどうなるか見てきたもの」

「なかなか言うじゃないか」クインは少しも信じていない。シニカルな口のゆがめ方が、さらにチェルシーの怒りをあおった。

「物心ついて以来、両親がけんかをして、言葉で相手をぼろぼろになるまでやり込めるのを見てきたら……自分の妹の結婚が、ハネムーンが終わって日常の現実的な生活が始まるやいなや壊れてしまうのを見たら……結婚という罠《わな》にかかる前に、だれだっていったん立ち止まって考えるようになるわよ。でも忘れてたわ。あなたは立ち止まって考えたのよね。じっくりと。その結果あなたは、女ならだれでも、あなたのすばらしい財産目当てに結婚を迫ると結論づけたのよね」

クインが怒っているのは、ぎらつく目とこわばった顔を見ればわかった。チェルシーは思わずあとずさりした。でもまだ言いたいことは終わってない。

「私は、たとえあなたが百万ポンドの札束を両耳に突っ込んでやってきても、あなたと結婚しないわ！」チェルシーはくるりと背を向けると駆け出した。怒りの涙が頬を激しく流れ落ちた。

朝になると気持がずいぶん落ち着いた。昨夜はほとんど眠れなかった。屈辱感と自己嫌悪にさいなまれて悶々《もんもん》と一夜を過ごした。

だが、やっと気分がすっきりした。私は漁師のおかみさんみたいにがみがみとクインをどなりつけた。でも、当然だと思う。少なくともこれでクインは、私を思うままにできるなどという幻想をいだかなくなるだろう。

これで私たちは二人とも、自分の立場がわかったというわけだ。

注意深いメイクで目の下のくまを隠し、きちんと結ったシニヨンから、一本も後れ毛が出ていないように注意する。持ってきた服はカジュアルなものばかりだが、その中からできるだけオーソドックスな白いシャツと、黒いコットンのギャザースカートをひっぱり出した。

ゆうべのようなことがあった以上、この家にはもういられない。クインだって、もちろん異存はないだろう。彼は、愛人にする目的のためだけに、私をここに連れてきたのだから。

私にその気がないことがはっきりわかった以上、クインも喜んで私を帰らせるだろう。エレインには彼が適当な説明をするだろうし、彼女がそれを信じるかどうかは、私の問題ではない。

ゆうべのように我を忘れて身を投げ出したあとでクインと顔を合わせるのは、気が重かった。でも、そうしないわけにはいかない。なるべく早く、勇気がくじけないうちに。チェルシーはシンプルな黒いパンプスをはき、断固とした足取りで階段を下りていった。彼とはクールな威厳を持って対面したい。

まだ七時半にもなっていなかった。エレインが早起きでなければいいけど。クインについては、二十分ほど前、隣の部屋のドアが不機嫌に閉められるのを聞いたから、起きていることは確かだ。

梁《はり》の低い、カントリー風の広いキッチンに、彼はいた。大きな赤いオーブンを背にして中央のパイン材のテーブルに座り、朝刊に頭を埋《うず》めている。

クインは顔を上げなかった。ダークブルーのデニム生地が筋肉質の脚の上でぴんと張っているのを見て、チェルシーの胸は騒いだ。できるだけそちらのほうを見ないようにして、咳払《せきばら》いする。「私、帰りたいの。荷物は十分でまとめられるわ。そのあいだに駅まで行くタクシーを呼んでいただけません?」

何時間にも思えるあいだ、クインは動かなかった。それから新聞がゆっくり下げられた。「どうして?」彼の顔は石のように無表情だった。「僕らは君が二週間ここにいるという取り決めを交わしたじゃないか。君が来て、まだ二十四時間もたっていない」

クインはふたたび新聞を持ち上げ、二人のあいだにバリケードをつくって話を終わらせた。だがチェルシーは話を終わらせるつもりはなかったし、クインと同じ屋根の下にとどまるつもりもなかった。

「取り決めなんて、私はしてないわ。あなたがどうしてもと言ったんじゃない。脅迫めいたことをしてね。それに私が帰ると言い出したのは、いったいだれのせいなのか、考えてほしいわね」

新聞はぴくりとも動かない。チェルシーは歯を食いしばって、ゆっくり十数えた。ほかの人があわてふためくような状況でもクールで落ち着いていられるのが自慢だったが、今は頭に血が上り、自制心がきかなくなりそうだ。こんなにさまざまな感情をかき立てる人は初めてだ。それも、私がほとんどコントロールできない感情ばかり。

早くこの人から離れなければ。それも早ければ早いほどいい。チェルシーは壁となっている新聞に向かって言った。「あなたが電話してくれないなら、私がするわ」彼女は息をのんだ。クインが新聞を部屋の隅に投げつけ、すっくと立ち上がったからだ。目が怒りにぎらぎらしている。

「電話なんかするな。君はここにいるんだ」彼の口調の激しさに、チェルシーはすくみ上がった。クインの激しい怒りと冷たい無関心、やさしい猫撫で声――破壊的な情熱のうち、どれが一番扱いにくいかわからない。

クインに黙って、そっと出ていけばよかった。自分の見通しの甘さに歯噛《が》みしながら、彼女はできるかぎり威圧的に言った。「いったいなんのために？ マスコミのことは、ここへ来る前にあなたが手を打ったんだから、その言い訳は通用しないわよ。あなたは私を誘惑するためにここに連れてきたんでしょう？」

チェルシーはもう少しでその目的が遂げられるところだったことを思い出し、望みもしないセンセーションに体がうずくのを感じて一瞬目を閉じた。

「私はあなたの愛人にはならないわ。気軽な関係は私の主義に反するの。結婚ねらいの出し惜しみだろうと非難される前に言うけど、永続的な関係も持つ気はないわ。だから、タクシー会社に電話していいかしら？　それともあなたがする？」

「どちらもしない」クインは石さえ切れそうな鋭い口調で言うと、ドアに向かった。「君がアパートメントや会社に現れたら、みんなが噂《うわさ》する。僕らは婚約したばかりの熱いカップルとして、南国の島でバカンスを楽しんでいることになってるんだからね。君はここにいればいい。僕がどこかへ行く」

ドアが、家の土台も揺るがすような勢いで閉められた。一瞬の沈黙のあと、チェルシーはあわてて彼のあとを追った。「それじゃ同じことでしょう。みんなが噂するのに変わりはないわ」なぜかわからないが、クインが自分を置き去りにしていくと思うと、今までの人生で感じたことがないほどの怒りを覚える。クインは振り返った。彼の冷たい目が、軽蔑をこめてチェルシーの怒った顔を一瞥《いちべつ》した。

「僕は、少なくとも人目につかないようにしていられる。だから心配はない」

チェルシーは歩き去るクインの後ろ姿を見送った。彼のあとを追って、あの広い、微動だにしない胸をこぶしでたたきたい。だが彼女はかろうじてその衝動を抑え、キッチンに戻った。なぜか脚ががくがくする。

ただの肉体的反応だわ。それだけのことよ。チェルシーはうんざりしたように大きな黒いやかんを電磁調理器にのせ、湯が沸くのを待った。怒りがおさまってみると、どっと疲れが出た。ゆうべと今朝の出来事がこたえてきたのだ。

テーブルに座って紅茶を飲むと、ほっと生き返った気がした。チェルシーは全体の出来事を整理してみようと思った。私はふだんは冷静きわまりない人間なのだが、マイルズ・ロバーツが脅迫してきて以来、ずっと神経を波立たせている。名案を思いついてマイルズの問題は解決できたが、今度はクイン・ライダーにそれを逆手に取られてしまった。

そのことが、いっそうストレスになっている。でもクインの圧倒的な男っぽさを思えば、私の体が論理的な思考に耳を貸さず、乾ききった花が雨に応《こた》えるように、彼に反応してしまったのも無理からぬことだ。クインが行ってしまうと聞いて、理屈に合わない怒りを覚えたのは、自分のゆうべのふるまいに対する自己嫌悪を体が示したにすぎないだけだ。単なる肉体的反応にすぎない。

クインがどこかへ行ってくれるなら、けっこうなことじゃない。このすてきな家、そしてエレインの率直な人柄は、今の私に必要なものだ。ここの静けさやのどかさに浸っていれば、私は、クインにかき乱された精神の均衡をふたたび取り戻すことができるだろう。

「あなた、いったい私の息子に何をしたの?」エレインの楽しげな、笑いを含んだ声が聞こえてきた。チェルシーは顔を上げてほほ笑もうとしたが、ただ歯をのぞかせただけになってしまった。「いれたての紅茶? いいわね」エレインはポットから紅茶を注《つ》いだ。チェルシーは緊張で背筋がこわばるのを感じた。

エレインがもうその話題を持ち出さないでくれるといいのだが。しかし、今日は何もかもうまくいかない日らしく、エレインはテーブルに座って話し始めた。

「小さな子供のときから、クインは癇癪《かんしゃく》を起こしたことがなかったの。あの子の父親と私は、クインは生まれつき自分の思いを通すのに、もっと人の心に訴える方法を知っているんだろうねと言い合ったものよ。もちろん、自分の愛敬《あいきょう》にあまり自信満々というのも困るけど」

エレインはカップを取り上げ、目をきらめかせてチェルシーの目をのぞき込んだ。

「三十六年間、魔法のようにうまく働いたやり方が、突然きかないとわかったらショックでしょうよ。自分の無能を思い知らされて不機嫌になるわ。アムステルダム行きの飛行機に乗るからバーミンガム国際空港に行くと言ったときのクインは、相当不機嫌だったわよ。ダイヤモンドの販売をしている友達の家に泊まって、帰りはいつになるかわからないって。その人は、仕事上の協力者であると同時に親友の一人でもあるんですけどね。だから、もう一度きくわ。あなたはいったいクインに何をしたの？　何がうまくいかなかったの？」

チェルシーは憂鬱《ゆううつ》そうにカップの底に残った紅茶をながめた。長々しい言い訳や、はぐらかしをする気分ではない。クインがいつになく不機嫌なのは、いわゆる性的欲求不満のせいだ。でも女性にふられる経験は彼にはいい薬になるだろう。いずれにせよ、クインはすぐにそれを乗り越えるに違いない。彼にとって情熱は、忘れかけた夢のようにとらえどころのないつかの間のものであり、夢のように、すぐに完全に忘れ去られるものだからだ。

チェルシーははっきり指摘したかった。

その代わりに彼女は言った。「それじゃ、お母さまは、クインが私を誘惑するためにここに連れてきたのをご存じなんですね」こんなことを本人の母親に言うなんて、私はどういう神経をしているのだろう。だがエレインは不機嫌になるどころか、楽しげに笑った。「まるで私のことを斡旋屋《あっせん》みたいに言うのね。紅茶をもっといかが?」エレインはくつろいで二人のカップを満たした。「いいえ、私が知ってるのは、あなたが特別な人だから、クインはあなたをここに連れてきたのだということだけ。彼は家族以外の人をここへは呼ばないのよ。彼はとても家族を大事にするの。彼が結婚しないのは、とても残念だわ。きっといい父親になるでしょうに。二十歳になったばかりのころ恋愛で悲惨な経験をしてね。相手の女性がひどい人だったのよ。そのせいでそれ以来、クインは女性に対して真剣になるのをやめたの」

チェルシーは考え込みながら紅茶を飲んだ。言葉に気をつけなければいけない。私はエレインが好きだから、あなたのかわいい息子さんはシニカルになりすぎて、平気で女性にひどい仕打ちをするなどと言って彼女を傷つけたくない。クインはのぼせ上がったサンディをその気にさせるだけさせておいて、今になって手を切るために、もっとも冷酷な手段を選んだんだもの。でも、お母さんには、少しは幻想をいだかせておいてあげなくては。

チェルシーは軽い口調で言った。「私は特別なんかじゃありません。クインが私をここへ連れてきたのは、単なるマスコミ対策ですから」

エレインは笑った。「あなたがそう言うならね。でも、私はまだクインがだれかから逃げ隠れするのを見たことがないわよ。特にマスコミのみなさん方からはね。でも、そう考えるほうが気が楽なら、どうぞ。さてと……朝食にしましょうか。そのあとは、退屈な家事はみんな献身的なエリー・クランフォースにまかせて、この近くの美しい田園風景を探索に行きましょうよ。今日はお天気もいいし、もう二度とろくでなしの息子の話を持ち出して、楽しい雰囲気をぶちこわしたりしないと約束するわ。その話題に関しては、これから口にチャックをします！」

美しい日だった。翌日も、そのまた翌日もいい天気で、またたく間に一週間が過ぎた。チェルシーは、エレインと散歩したり、ジェリー・ミークスに疑わしげな顔をされながら庭仕事を手伝ったり、プールサイドで甲羅干しをしたりしているうちに、いい色に日焼けした。それが深い青色の目を際立たせ、眠れない夜の証《あかし》である目の下のくまをうまく隠してくれた。

プールでは、最後の三十分間、思いきり泳ぐのを日課にしている。チェルシーは息を弾ませながら水から上がった。タオルで水気を拭《ふ》き、日焼け止めを肌にすり込む。いくら体を疲れさせても、夜はやっぱり悶々として眠れない。

エレインは約束どおり二度とクインの名前を口に出さなかった。彼女はとても楽しい人だった。この美しい古い家と、それを取り巻く環境のおかげで、チェルシーは心からくつろぐことができた。だが、一人になるともうだめだった。クインのことが頭にとりついて離れないのだ。

自分がこんなに愚かだとは思わなかった。

太陽光線は強く、小さなビキニはあっという間に乾いた。いちおうのたしなみとして、チェルシーは白いショートパンツと黒の袖《そで》なしのコットンシャツを上から着た。

エレインはいつも昼食後二時間ほど休んで英気を養う。その時間チェルシーは何かと用事をつくって忙しくすることにしていた。まず水泳をして、そのあとは庭仕事か散歩だ。だが今日はあまりに暑くて何もできそうにない。だからチェルシーはデッキチェアを花の咲く灌木《かんぼく》の陰にひっぱってくると、サングラスをかけて読書に精神を集中しようとした。

でも、やっぱりだめだ。チェルシーは絶望のうめきをあげた。私はあの人でなしが恋しい。心の奥に、どうしようもない思慕と、深い喪失感がある。なぜなのだろう？　彼がそばにいなくなったのだから、体は通常の状態に落ち着いたはずなのに。あの興奮状態は、真剣なものでも、永久的なものでもないのだから。

それでもクインは心の中に忍び込んできて、いる権利のないところに居座ろうとする。チェルシーは彼の言葉を思い出した。〝僕の女になってほしい。僕の行くところに来て、寝るところで眠って……〟チェルシーの胸はきゅっと締めつけられた。彼女は孤独だった。悲しいほどに孤独だった……。

チェルシーは不意に足を下ろし、キャンバスシューズをはいた。エレインと気楽なおしゃべりもせず、ここに寝ているのが間違いのもとだった。だって、ここはクインが私を誘惑しようとして、もう少しで成功するところだった場所だもの。

台所のエリーか、庭にいるジェリー・ミークスの手伝いをさせてもらおう。この愚かな心を占領してくれることなら、なんでもいい。

「そんなに急いで、どこに行くの？」エレインの声がした。

彼女は水差しとグラスをのせたトレイを持って石段の上に立っていた。「エリーがレモネードをつくったの。よく冷えてるわよ。あなたもいかが？」

「いただきます」チェルシーは急いで石段を上がり、トレイを受け取った。一人でなければクインのことを、心の外へは無理だとしても、裏側になら追いやれるだろう。「台所で何かお手伝いできることはないかと思ったんですけど」

「何もないわ。エリーにはもう帰っていいと言ったの。涼しくなって、何か食べる気になったら、あなたのお得意の、あのおいしいサラダをつくってくださる？」エレインはデッキチェアに腰を下ろし、チェルシーの注いだレモネードを受け取った。「ところで私、明日の朝早くノーフォークに発《た》とうと思うの。長女のお産がもうすぐでしょう。しばらくいてやろうと思ってね。でも、出発はあと一週間ぐらい先に延ばそうと思っていたのよ。そうしたらアムステルダムのクインから明日帰るという電話があったの。それなら私も安心して出かけられると思って。まだ休みが半分あるのに、あなたを一人にしては申し訳ないから。でもクインがあなたをおもてなしするでしょう。これで、すべてうまくいくわ」

チェルシーはエレインを見つめた。日焼けした顔がこわばり、青ざめていくのがわかった。うまくいくどころではない。それなら私もここにはいられない。クインに〝おもてなし〟してもらうなど、考えるだけでも恐ろしかった。

7

「あなたがそんなに臆病《おくびょう》だとは思わなかったわ。でも、どうしてもと言うなら、行く途中に駅で降ろしてあげましょう」翌朝の八時半、エレインが言った。

その朝チェルシーは早く起きて、まとめた荷物をホールに置いた。エレインの好物の、かりかりに焼いたベーコンとトマトはもう用意してある。

「ここにはいられないんです。理由はきかないでください。もし近くの駅で降ろしてくださるならありがたいですけど、回り道になるようでしたらタクシーを呼びます」

「クインはどう思うかしらね?」エレインはトーストにバターを塗りながら言った。「彼はあなたがここにいるものと思ってるわ。そうでしょう?」

もう一度誘惑しようという魂胆でね。距離を置いて頭を冷やしたので、またトライしようというわけだ。そして今度こそ、彼はいやとは言わせないだろう。第一、無理強いする必要もない。そう思うとチェルシーは自己嫌悪に体がすくんだ。でも、彼の近くにさえいなければ大丈夫。「だったら、彼の予想ははずれたというわけです」チェルシーはつっけんどんに言った。「メモを残しておきます」

彼女はそっけない要点だけのメモを書き、テーブルの上のフルーツボウルに立てかけておいた。こうすればクインが見逃すことはないだろう。

エレインは車を駆り、森を縫う道を駅まで送ってくれた。シュローズベリーの駅前広場に着くまで、クインのことはもう話題に上らなかった。

「あなたは大きな間違いをしてると思うわよ」車を止めると、エレインはチェルシーのほうに体を向けて言った。「でも、結果にたいした違いはないでしょう。私は息子を知ってますからね。たぶん、あなた以上に。もしあなたが、こうして逃げ出したらクインはもう追ってこないだろうと考えているなら、彼のことを知っているという点では私の足もとにも及ばないことになるわね！」それからエレインはまじめな顔になった。「クインがあなたを見るような目で女性を見るのは初めてなの。守ってやりたいという気持や、憧《あこが》れや、いら立ちが混じり合ってるわ。だから、クインがあなたを特別な人と見なしているという私の考えは正しいと思うの」

エレインは自分の見たいように物事を見ているのだ。以前彼女は、息子には結婚して子供を持ってもらいたいと言った。でも彼女は現実を見ていない。クインは結婚という幸福を望んでもいないし、自分に近寄ってくる女はみんな、お金目当てだと信じていることを、エレインは知らないのだ。

チェルシーは落ち着かなかった。いったい過去に何があったせいで、あなたの息子さんは女性にこんな偏見を持つようになったのですかときききたくてたまらない。だが、どうにかその衝動を抑えた。クイン・ライダーの実像なんて、知らなければ知らないほどいいと思うからだ。だけどあの人は、自分がそばにいるとき、女はお金や経済的安定のことなんて考えもしないことがわからないのかしら。

「気持は変わらない？　このままモンクス・ノートンに連れて帰ってあげてもいいのよ。ちっとも手間じゃないわ」

エレインに言われてチェルシーは我に返り、シートベルトをはずした。

「ありがとうございます、でも気持は変わりません。わざわざ回り道していただいて、すみませんでした」チェルシーはバッグに手を伸ばした。胸がどきどきしていた。ほんとうは、エレインの言うことを聞いて、回れ右したくてたまらなかったからだ。体がそれを要求していた。

エレインはドアをかちゃりと開けた。「あなたは潔癖な人だと思うわ。だから言いたいんだけど、クインはタブロイド紙がイメージをつくり上げているようなプレイボーイじゃないわよ。何より、新聞が書くほど女性とのアバンチュールを楽しむ時間がないもの。父親が亡くなってライダー・ジェムの経営を引き継いだとき、会社は今のように経営が安定していなかったの。落ち目で、倒産の恐れもあったのよ。それをまたトップレベルにまで立て直すのに、クインはそれこそ十人分ぐらいの働きをしたわ。そのことを考えて」

チェルシーは考えた。切符売り場に向かいながら、エレインの言ったことは、単に息子思いの母親の希望的考えにすぎないと断定した。エレインはブロンド女性二人と一人の赤毛女性のことを知らないのだ。それに仕事がいくら忙しくても、クインはリラックスする時間を捻出《ねんしゅつ》するのがうまい。自分でもそう言っていたし、チェルシーも実際に自分の目でその証拠を見てきた。


クインのことは頭から追い出し、自分本来の生活を続けようと固く決心して、チェルシーは仕事に戻った。なぜ休暇を短く切り上げたのかとか、結婚式の計画はどうなっているのかなどという質問は、あいまいな答えで受け流したが、幸いみんな満足してくれた。電話が鳴るたびにびくっとしないように努め、なぜクインは電話をかけたり、追いかけてきてモンクス・ノートンに連れ戻したりしないのか、考えないようにした。

一週間がたち、二週間がたっても、クイン・ライダーは別の惑星にでも行ってしまったかのように姿を見せなかった。チェルシーは自分にお祝いを言った。クインは私のことをあきらめ、私を追いかけても無駄だと悟ったに違いない。今度連絡があるのは、もう婚約解消を公にしても大丈夫だと知らせてくるときだろう。

喜んでいいはずなのに、なぜこんなに気分が落ち込むのだろう?

「ちょっといいかい?」マイルズ・ロバーツが遠慮がちにオフィスに入ってきた。以前の彼では考えられないことだ。前は、何か用事があればチェルシーを自分の部屋に呼びつけた。彼女がどんなに忙しく時間に追われていてもだ。ところがチェルシーが旅行から帰って以来、マイルズはまるで飼い主にじゃれつく犬のようだった。なぜなのかは、たいして頭を働かせなくてもわかる。

マイルズは手をこすり合わせながら、へらへら笑った。「君のフィアンセの秘書からたった今電話があったよ。今夜のディナーの約束を忘れないようにという伝言だった」彼はチェルシーが息をのみ、目を見開くのを間違って解釈したようだった。「きっと君たちは、一緒に食事を楽しみながら、ライダー・ジェムがうちの広告サービスを利用する可能性について話し合うんだろうから、僕を通してメッセージを送るのは筋が通ってると思ったんだろう」マイルズはネクタイを直し、指の腹でぱりっとした襟の折り返しを撫《な》でて貫禄《かんろく》ありげに見せた。「率先してアプローチしたのは僕だからね。ライダーはそれを評価してるんだろう。だから僕を通して約束を再確認させたのさ。もっとも、そんな楽しいことを君が忘れるはずがないけどね!」

マイルズがからかうのをチェルシーは無視して仕事に目を戻したが、彼女には何も見えていなかった。マイルズが君にまかせるから頼んだよとつぶやいて部屋を出たとたん、彼女は椅子から飛び上がった。そして小さな部屋を足早にぐるぐる歩き始めた。

クイン・ライダーは陰険で腹黒い。もし彼が自分から誘えば、私が即座に断ることを知っていたから、してもいないディナーの約束を忘れないようにと、マイルズ・ロバーツを通して伝えてきたのだ。マイルズはライダー・ジェムの仕事を取れると思って狂喜し、明日になったらもみ手して、話し合いの結果はどうだったかとしつこくきいてくるだろう。

ほんと、クインは賢いわ。でも残念ながら、充分に賢いとは言えないわね！

クインはいつでも自分の思いを通せると思い込んでいるらしいけど、今回は、そうは問屋がおろさないことを教えてやらなきゃ！

チェルシーは決意を固めると、ロンドンのライダー・ジェムのオフィスに電話をかけた。未来のミセス・ライダーだと偽って告げたところ、秘書や個人秘書の分厚い防御壁を突き破って、本人と直接話すことができた。

「今夜はあなたと食事をしません。今夜も、この先もずっと」クインがてきぱきと自分の名前を告げたとたんに、チェルシーは宣言した。「もしあなたがほんとにうちの代理店を使うつもりなら……そんなこと疑わしいと私は思うけど……マイルズ・ロバーツと食事をしたほうがいいと思います。あなたたち二人には共通点が多いから、楽しい時間が過ごせるんじゃないかしら？」

そしてチェルシーはいかに二人に共通点が多いかを知って愕然《がくぜん》とした。クインがさりげなくこう言ったからだ。「するともう、ＴＶ広告部の部長のポストは確定したのかい？」

彼女が長いこと黙っているので、クインは続けた。「そうじゃないらしいな。だったら考え直したほうがいい。八時に君を迎えに行く」

チェルシーは控えめな黒の短いドレスを着た。唯一のアクセサリーは首回りの細い金のチェーンにする。髪はひっつめて、メイクは最小限にした。それでも鏡に映してみると、初めてのデートに出かける若い娘のように、うっとりした顔をしている。

何をしても、少しつりぎみの、深い青色の大きな目のとろけるような表情を隠すことはできないし、豊かな唇のカーブが無防備にゆるむのを防ぐことはできない。不規則に打つ胸の鼓動を抑えることもできなかった。

私はほんとうにばかだ。チェルシーは自分を軽蔑《けいべつ》した。クインは私を都合のいいように操作している。私が今夜彼に会うのを拒否したら、マイルズ・ロバーツに私の昇進の見込みをなくすようなことを言うとほのめかして。

それにもかかわらず、そしてモンクス・ノートンで起こったこと——あるいはもう少しで起こりそうになったこと——にもかかわらず、私の全身は彼とふれ合うことを求めている。私の心が、彼と一緒の貴重なひとときを求めているように。

私の取れる最良の道は、この恐るべき混乱状態から抜け出すことだ。思慮もなく彼の要求に負けて、期間限定の愛人になってしまう前に。

脱出できるかどうかは、私自身にかかっているのだと沈んだ心で考えながら、チェルシーは黒いイブニングバッグを持って居間に行き、そこでクインが来るのを待った。

別の仕事を見つけることだってできる。トリプルAでのポストほどはよくないだろう。特に、昇進と役員職が目前に迫っていることを考えれば。でも探せば、何か真剣に取り組めるものが見つかるかもしれない。住む場所もどこか別に探そう。クインの生活圏から離れるために。

突然目に涙がにじんできた。チェルシーは怒ってそれを振りはらった。でも動揺するのは当然だわ。ほかの仕事――たぶん今よりはランクの落ちる仕事に移り、あんなに誇りにしていた、小さいけれど快適なアパートメントを手放すことを考えたら、だれだってショックだ。だから、そんなことはするまい。要するに私が強くなればいいのだ。クインの性的強要に抵抗すればいいのだ。あらゆる強さと意志の力を総動員して!

チェルシーのあごは持ち上がり、ドアベルが鳴ったときもそのままだった。チェルシーはドアを開けた。クールな無関心さで彼に対応するつもりだったが、エレガントですきのないダークスーツに身を包んだ彼の、背の高い堂々とした姿を目にし、セクシーな口もとがかすかなほほ笑みにゆがむのを見ると、チェルシーの心臓は高鳴って体から力が抜けた。チェルシーは、自分がいかにクインと会えないのを寂しく思っていたかに気がついた。どんなに寂しかったかに……。

謎《なぞ》めいた琥珀《こはく》色の目が、ゆっくりと彼女の体を一瞥《いちべつ》する。そして彼女のざわめく感覚をいっそう混乱させる。チェルシーは白いウールのジャケットを取って大またでアパートメントを出ると、ドアを音高く閉めてエレベーターへ急いだ。

「火事はどこだい？」

深い、ベルベットのようになめらかで深みのある声が、背筋に戦慄《せんりつ》を送ってくる。あなたと二人きりになる自信がないのとは言えないので、チェルシーはきびきびと答えた。

「今夜のことは予定に入ってないから、なるべく早く終わらせたいのよ」礼儀にかなっているとは言えないが、あわてふためいてエレベーターに向かう言い訳にはなる。

それに、どんな姑息《こそく》な手段を使ってでも自分の意思を通そうとする男に、ふつうの礼儀なんて当てはめる必要はない。

クインは、チェルシーをBMWの助手席に座らせ、自分もハンドルの前に座って言った。

「僕をおいてきぼりにして出ていった君を、許すかどうかまだ決めてないんだよ」

「それは悲しいわ」チェルシーは皮肉っぽく言い返し、まっすぐ前を見つめた。親しげな、低いくすくす笑いが聞こえてきたときは、彼の頬をぶちたくなった。狭い車内で、すぐそばにいる彼の存在が、ひどく心を騒がせる。彼の暗い魔術に屈伏するのはさぞかし簡単だろう……。

でも、そんなことをすればどうなるかはわかっている。先行きも見えないのに感情的なかかわり合いは持ちたくない。移り気な欲望に身をまかせるほど、自分を粗末にする気はないし、かといって長期的にかかわっていくつもりもない。そのあとに苦痛と屈辱が続くのをよく知っているからだ。クイン自身も、永続的な関係は求めていないとはっきり言った。だから私は、自分の良識に両手でしがみつき、情熱は長続きしない、それはすぐに燃え尽きて、苦さをあとに残すだけだと、常に自分に言い聞かせればいいのだ。

クインがどんなに感じがよくて魅力的でも、ひと皮むけばマイルズ・ロバーツとなんら変わりはない。彼は自分の意思を通すことしか頭にないし、そのためには脅迫さえ辞さないことも、忘れないようにしなければ。

だから今夜は、私が思いのままにならないことをはっきりクインにわからせるようにしよう。私がいずれ態度を軟化させ、あのプールサイドの夜のように身を投げ出すだろうと、もしクインが期待しているなら、期待はずれもいいところだ。

「私の記憶では、モンクス・ノートンを出ていったのはあなたであって、私ではないと思うけど。私が期待に胸をふくらませ、息も絶え絶えにあなたの帰りを待っているとでも思っていたの？」

ふたたびハスキーで危険なくすくす笑いが聞こえた。「そんなエロティックなイメージが描けるほど想像力がたくましかったら、もっともっと早く帰ってきていただろうよ！　だけど、そういう日はきっと来るよ、かわいこちゃん。必ず来る」

まったく腹立たしい、救いがたい男だ。「予想がはずれても、あんまりがっかりしないでね」チェルシーは不機嫌に言った。

「それに僕たちは二人とも、どうして僕が出ていったかを知っている。そうだろう？　もしあのままあそこにいたら、僕は君がいくら拒否しても受けつけなかっただろう。僕が君を求めているのと同じくらい、君も僕を求めているのはわかっていたからね。君がそれを認めようとしなかっただけだ」彼の声はくぐもっていてハスキーで、まるで愛撫《あいぶ》のようだった。「君にもそれを認めてほしい。僕が与えられる喜びを求めてほしい。僕たちの愛の行為は、きっと完璧《かんぺき》だろうよ。二人の気持がこんなに高まっているんだから」

車は静かな広場のほうに曲がった。背の高い、優雅なタウンハウスが小さな緑地に面している。チェルシーは彼の言葉を激しく打ち消したかったが、喉が詰まって心臓が狂おしくとどろき、声を出すことができなかった。クインはある建物の外にＢＭＷを止めて、彼女のほうを向いた。

「だから外で食事するんだよ。ペントハウスで料理したかったんだが、そうすると君に手を出さずにいられないだろうからね。僕らはまず、話し合いをしなければならない」

クインに腕を取られ、高級そうなレストランの白黒の日よけがついた階段を上がっていくあいだ、チェルシーは体の震えを止められなかった。クインの甘い言葉は、鳥さえも木からおびき寄せるだろう――そして望みの女性をベッドに。わかっているのにどうにもならない。私はきっと頭がおかしくなりかかってるんだわ！

　でも、そうじゃない。もちろん違う。私の頭を冒すこの熱病は、物事をまっすぐ見直すことで治療できる。私はクインの甘い言葉にだまされたりしない。私が主導権を握り、話の内容を御しやすい方向へ持っていけばいいんだもの。

　案内されたテーブルは、気に入らないことに、ほかと隔離された感じだった。明かりはあまりにソフトで、クリスタルの花瓶に差した一輪の赤いばらはあまりにロマンティックだ。でも、こんな仕掛けぐらいで私はひるまない。クインが口を開く前に、チェルシーはバッグからメモ帳を出し、ペンのキャップを取って事務的な表情を取りつくろった。「トリプルAがライダー・ジェムの広告業務を委託される可能性について、あなたのお考えを聞かせてください」

　クインは首を振り、目をきらめかせてチェルシーの手からやさしくメモ帳を取り上げた。

「考えなんてない。考えているのは、君のことだけだ。僕は君がほしい。君が思っている以上に」

　クインは、激しく脈打っているチェルシーの喉もとに目を向けた。

「僕は何事にも正直でいるのが一番だと思っている。特に、僕らの関係については」シャンパンが運ばれてきた。クインは手を振ってウェイターを追いやり、自分でグラスに注《つ》いだ。これはみんな前もって決められたことなのだろう。ほかと隔離されたテーブル、注文を取りに来ないウェイター、すぐに運ばれてきたシャンパン。

クインは甘い声で私の警戒心を突きくずし、言葉で愛撫し、ビンテージもののシャンパンで私をリラックスさせ、手なずけようとしている。まるで職人芸だわ。

チェルシーはいっそう警戒心を強めた。

「仕事の話をしなかったら、私は明日の朝マイルズにどう報告すればいいの？」彼女はイブニングバッグを持って椅子を引いた。「それなら私、帰るわ」

鋼鉄のように力強い指がチェルシーの手首をつかんで、もう一度座らせた。

「マイルズ・ロバーツも、仕事も知ったことじゃない。僕が広告の話をするために君をここに連れてきたんじゃないことはわかっているだろう」

チェルシーは彼の目を見られなかった。ほんとうは彼をまっすぐ見つめ、そんなことは知らなかったと嘘《うそ》をつくべきなのに。クインはチェルシーの腕を放し、彼女は赤くなった肌を無意識にさすった。たぶんクインは正しいのだろう。この人に対処する唯一の方法は、正直になることかもしれない。

「僕らの〝婚約〟が新聞に出たのを見て、ご両親はなんと言ってた？」

クインは軽い口調で話題を変えた。チェルシーは、彼に対して正直になるなら、今から始めようと思った。私はもう、子供時代についてなんのこだわりも持っていない。おかげで仕事に全精力を注ぎ、その結果、今の私があると言えるのだ。

チェルシーは無意識にグラスを上げ、よく冷やした美味な酒を口にふくんだ。「両親が私の名前を覚えているかさえおぼつかないから、新聞の記事なんてなんの意味もないわ」

彼女は、クインの目がきらりと光り、口もとが引き締まるのを見て、うわついた答え方をしたのを後悔した。

「ごめんなさい。今のはほんとうだと言えないわ。でも父とは十二年間会ってないし、話もしてないの。私が十四で、ジョアニーが十二のとき、両親が離婚して、父はどこかへ行ってしまったから」

「ジョアニーは妹さん？　だから君たちは二人とも、それ以来お父さんと会ってないんだね？」

「両方とも、答えはイエスよ」

「お父さんがいなくて寂しい思いをしたかい？　お父さんが行ってしまって、そんなに傷ついたのか？」彼の声には静かな同情がこもっていた。

〝そんなに〟とはどういう意味なのかきこうと思ったが、特に必要もないと思い返す。チェルシーは正直に答えた。「いいえ、何よりほっとしたわ。もう両親のひどいけんかを見なくてすむし、母が出ていく心配もなくなったしね。父が女性問題を起こすたびに、母は荷物をまとめて出ていくの。たいてい何日かしたら戻ってくるんだけど、朝起きたら必ず母がいるという保証はなかったのよ」

「お母さんは、離婚をどう受け止めた？」

チェルシーは肩をすくめた。「さんざん泣いたわ。母は男の人にそばにいてもらいたい女性なのよ。たとえどんなにひどい男でもね。カップルの片方でいたい人なの」彼女は顔を上げてクインを見ると、首をかしげた。「一人ではやっていけないタイプの女の人って、いるのよね」

「君はそうじゃないけどね」クインはかすかにほほ笑んだ。「それで、今お母さんはどこにいるんだい？　さっきは、両親のどちらも今は君に関心がないというふうに言っていたが」

クインがさりげなく合図すると、すぐに料理が運ばれてきた。えびのアイオリソース添え――新鮮なえびと、こくのあるガーリック味のソースの絶妙な取り合わせだ。どうしてクインは、これが私の好物だと知っているのだろう。それとも私たちの好みはぴったり一致するのかしら？　クインはさっきの問いの答えを待っている。昔の話をするのはいっこうにかまわなかった。もっと親密な話題を避けていられるからだ。

「泣くだけ泣いたら、母はまた元気になったわ。それから三人の〝おじさん〟が出たり入ったりしたけど、私が二十一のとき、母は家を出ると宣言したの。三人で住んでいたステップニーの家を売り、そのお金を妹と私で分けたわ。母はお金持で献身的なイタリア人を見つけたのよ。ヴィトとは一回だけ会ったけど、背が低くてがっちりしてて、頭が禿《は》げていたわ」チェルシーは最後のえびをフォークで刺した。自分がどれほど嫌悪感を感じたかを、決してクインに気づかれまいとしながら。

母はまだ美しかった。彼女は贅沢《ぜいたく》な生活をするために、人生のわずらわしさを進んでその頑丈な肩に背負ってくれるずんぐりした男に、自分を売ったのだ。

「ヴィトは旅行が好きで、母は彼と一緒に行ったの。半年前シドニーから絵はがきが届いたのが一番最近の消息かしらね。ヴィトにはオーストラリアに結婚した娘さんがいるらしいわ」

「それで君は、男に寄りかかって生きる母親のようには極力なるまいと決心し、大人の人生に踏み出したんだね」クインはほとんど独り言のように言ってチェルシーのグラスを満たした。彼はあまり飲んでいない。チェルシーが主に飲んでいた。でも少しも酔わない。リラックスしているだけだ。おかげで何年も前に鍵《かぎ》をかけてしまい込んでしまった事実についても自由に話せた。

だが真実をすべて話すほどには気を許していなかった。一人で生きると決心するどころか、チェルシーは切実に、ともに生きる相手を求めていた。だから彼女は黙ってうなずいただけで、テーブルに置かれたおいしい野いちごを食べ始めた。

「君はいろんな意味で苦労したんだろうけど、両親のことで、自分の人生まで台なしにすることはないよ」クインはきっぱりと言った。チェルシーは怒りに身をこわばらせた。

「台なしにする？　もし私が結婚より仕事を意図的に選んだとして、なぜそれが私の人生を台なしにすることになるの？」どうしてこんなことまでクインに話したのだろう。もともと私は個人主義の人間だし、だれにもここまで話したことはない。やっぱり、さっき帰ってしまえばよかったんだわ。女はみんな男を手に入れるべきで、その男を何より優先させるべきだというのは、典型的な男性の考え方だ。「やりがいのある仕事は、結婚と同じぐらい報いの多いものよ。いいえ、もっとずっと多いわ」

「僕は結婚の話はしてないよ」クインはちらりと笑みを見せ、チェルシーをかっとさせた。「男女のあいだには、また別の感情的かかわり合いがある。非常に満足のいく関係だ。男がみんな君のお父さんのようだというわけじゃないよ」

チェルシーはもうたくさんだと思った。クインはまた、愛人関係になる話をしている。私にはそんなつもりがまったくないことをはっきりさせなければならない。

「そんな可能性はまずないけど、もし私がだれかを愛したら私はその関係が長続きすることを望むわ。それから、〝男がみんな君のお父さんのようだというわけじゃないよ〟というあなたのえらそうな言葉についてだけど、私にはそうだということがわかっているの。まず私の父、それからジョアニーの元夫のトム。彼は、ジョアニーが昔のボーイフレンドとふつうに食事をしているのを見ただけで、秘書と遊び回り始めたわ。それからもちろん、マイルズね。彼は奥さんがいるあいだも女性問題が絶えなかったし、ロジャーはセックスにしか興味がなかったわ。男は生まれつき、一人の女性に誠実ではいられないのよ。だから私がその種の面倒を避けたいと思うからって非難しないでほしいわね」

「ロジャーってだれだ？」

チェルシーは自分の失策に気づいた。クインにうまく乗せられ、言うつもりのなかったことまで言ってしまった。「前に知っていた人よ。たいして重要じゃないわ」彼女は快活に言った。

「君のろくでなし男のリストに入るぐらいだから重要だよ」

チェルシーは肩をすくめ、胸の鼓動が速くなっているのを悟られまいとした。

「その人のことは、ある一つのことにしか関心のない男の例として入れただけよ」

「セックスか」クインは穏やかに言い、かぶりを振った。「君は彼との結婚を望んでいたのかい？」チェルシーはクインのあまりの勘の鋭さに、体の動きが止まってしまった。

そう、ロジャーと結婚したいと思った。それは一年間ずっと温めていた夢だった。でも、そんなことをクインに教えるつもりはない。チェルシーは十八歳で、カレッジに入ったばかりだった。今になって思うと、当時は恋愛の機が熟していたと言える。子供時代の彼女には、幸せで安定した家庭生活から得られるノーマルな愛情が欠けていた。チェルシーは無意識に、永続的な愛情という安定を、愛し愛される機会を求めていた。ロジャーは同じカレッジのコンピューター科の学生だった。二度目のデートのとき、ロジャーは君を愛していると言い、信じられないほど世間知らずでだまされやすかったチェルシーは、彼を信じた。不運な母と違って、自分は信頼できる人を見つけたと思ったのだ。

チェルシーは純白のウエディング・ドレスを着る結婚式を夢見始めた。結婚したら二人で働いて、家を買おう。子供たちのための家だ。子供たちは、自分とは違い、幸せで安定した環境で育つだろう。ロジャーは繰り返しベッドに誘ったが、チェルシーはいつも拒否した。未来の生活のすべてが完璧であってほしかったからだ。彼女は教会での誓いをさらに確認する形で愛の儀式をとり行いたかった。ロジャーの腹立ちと欲求不満が理解できなかった。チェルシー自身はそんなものを感じていなかったのだ。

ロジャーは説得をやめなかった。そして決して忘れることのできないある夜のこと、忍耐力が限界を超え、彼はチェルシーを無理やり押し倒した。途中で踏みとどまったのは、チェルシーの恐怖と嫌悪のせいで彼も正気に戻ったからだ。ロジャーは最後に真実を告げて彼女のもとを去った。

彼が愛していると言ったのは、チェルシーを喜ばせるためだった。結婚の話に調子を合わせたのは、そうすればベッドに誘いやすいだろうと思ったからだ。彼女と結婚する気はまったくなかったのだ。

「言ったでしょ。私は結婚なんかする気はないって」チェルシーは真実を避けた。長い沈黙が、おそらくほんとうの答えを暴露しただろうとは思うが。彼女は攻撃が最大の防御とばかり、今度はクインにくってかかった。「私が一人でいる理由を分析し終わったのなら、今度は、あなたも私と同じぐらい偏見を持っていることを認めたらどう？　私は、愛せる人……信頼できる人が見つかったら結婚する意思があるわ。でもそういう可能性が少ないから、仕事に集中することで満足しようと思ってるだけよ。だけど、あなたは頭から結婚を否定しているんでしょう？」

「しかし、僕は禁欲主義者ではないよ」クインは言った。チェルシーは短い間彼とベッドをともにしただろう数々の女性のことを考え、ジェラシーに胸を焦がした。でも〝短い間〟というのがポイントなのだと、自分の反応を恥じながら思う。

コーヒーが運ばれ、クインはくつろいで椅子にもたれた。ほのかなキャンドルの投げかける影で、彼の目の表情がまったく読み取れない。顔も謎めいていて、何を考えているのか全然わからない。すると突然彼が言い出した。

「いろいろ考え合わせると、僕たちは理想的なカップルになると思うよ。どちらも永続的な関係を望んでいない。それぞれ、ちゃんとした理由があってね。そして二人ともお互いを求めている。苦しいほどに……」

クインの目が暗くかげり、チェルシーは思わず息をのんだ。セクシーな唇が妥協は許さないというようなラインを描く。彼はチェルシーが熱く否定しようとするのをさえぎった。

「自分の感情に正直になれよ。不純な考え、くすんだ、間違った恥の感情で判断を鈍らせるな。君が自分に正直になったら、僕らは恋人同士になれる。君はまっすぐな心をしているから、僕たちがいずれ愛し合うようになることはわかるはずだ。時間の問題だよ。僕らが出会った瞬間から、それは決められていたことなんだ」

クインは立ち上がった。

「僕は千里眼の持ち主じゃないから未来の確約はできない。でも、このことだけは約束できる。僕らは恋人同士になる。そして、その関係が続くかぎり、僕は君に忠実でいるよ。君だけにね。よかれあしかれ、僕はすでに二人の未来の関係にのめり込んでしまっているからだ。僕は君に真の充足とは何かを教えてあげられる。さあ……」クインは手を差し出してチェルシーの目を見つめた。「家まで送るよ」

8

クインは約束どおりチェルシーを家まで送った。それだけだった。

レストランからの帰りの車の中で、チェルシーはずっと神経質になっていた。彼がしつこくペントハウスに来るように言うか——もちろん言いなりにはならないつもりだが——またはチェルシーの部屋に無理やり入ってくるに違いないと思ったからだ。

エレベーターの中では極度に緊張して、今にも神経がぷつんと切れそうだった。クインが寝酒を一杯どうとか、さっきの話の続きをしようとか言い出したら、なんと言ってぴしゃりと断ってやろうかと、そればかり考えていた。

クインは傲慢《ごうまん》にも、自分たちがいずれ男と女の関係になると決めてかかっている。そう思っただけで、チェルシーははらわたが煮えくり返った。そんなことは絶対に起こらないと、はっきりわからせなければならない。

部屋の前に着くころには、チェルシーは緊張のあまりぶるぶる震えていた。クインは、チェルシーの力が抜けた手から鍵《かぎ》を取ると、ドアを開けて彼女を先に通すべく脇《わき》へ寄った。

彼女が中へ踏み込んでからクインのほうを向き、さっさと消え失《う》せてほしいと言おうとしたとき、彼は身をかがめてごく軽いキスをすると、きびすを返し、止まっているエレベーターのほうへ歩き去った。チェルシーはショックで口をぽかんと開けたまま、そこに立ち尽くした。

戦術だわ、と薄いコットンのナイトドレスを頭からかぶりながら彼女は思った。クインはたぶん、軍隊の作戦のように緻密《ちみつ》な誘惑計画を立てているのだろう。そして次に会うときに、最終目標に向かって動き出すに違いない。

もし今夜私を腕に抱いてキスし、私にふれたら、私はたちまち炎のように燃え上がることをクインは知らない。私の裏切り者の体は、なんの抵抗もなく降参するだろう。

まったくたいしたものね！　チェルシーは勢いよく髪をブラシでとかしながら、部屋じゅうを歩き回った。あのろくでなしは、私が注意深く築いた防御壁を、熱いナイフでバターを切るようにすっぱりと切りくずした。そして巧みに真実をついてきた――私が苦しいほどに彼を求めていると……。

チェルシーは部屋の隅にブラシを投げつけ、ベッドに入って電気を消し、自分に腹を立てながら暗闇《くらやみ》を見つめた。クインのことをようやく体から締め出したと思うたびに、彼はひょっこり顔を出して、セクシュアルな攻撃をかけてくる。私はそんなものに無感動だと信じていたのに、そうではないことを思い知らされる。次に会うとき彼がかけてくるだろう圧力のことを考えると、恐れで体が熱くなったり冷たくなったりした。

二人がまた会うことは間違いない。もちろんできるだけ避けるつもりだけど、今までの例を見ても、私がどうあがいたところで、彼はやすやすと意思を通してしまう。たったひとこと、マイルズにほんとうのことを言うぞと脅せばいいだけなんだもの。昇格を決定する役員会が開かれるのは、四週間後だ。四週間……。

その間クインが会おうと言わないとは考えられない。チェルシーがくやしまぎれに枕《まくら》をたたいていると電話が鳴った。低くてセクシーな声を聞いたときチェルシーは、自分の悲観的見方は根拠のあるものだったと知った。「土曜の夜、チャリティー・パーティーがある。最高にきれいにして、九時に出かけられるように用意をしていてくれ」

チェルシーの心臓は喉までせり上がってきて、今にも飛び出しそうになった。土曜日。二日後だ。そんなの無理だわ！

「いつもみたいに行けないとか、だめとか言わないのかい？」許しがたいことに、クインはおもしろがっている。あのいら立たしいにやにや笑いが見えるようだ。

「言ったって無駄でしょう？」チェルシーはつっけんどんに答えた。

「わかってくれて、うれしいよ。寝てたのかい？　何を着てる？」

「それがあなたとどう関係があるの？」チェルシーは、ぶざまに震えてしまう指で目にかかる髪を払った。

「君の姿を想像したいんだ。だから、何を着てるか教えてくれよ」彼の蜜《みつ》のように甘い声が、チェルシーの体温を危険なほど上昇させる。

「何も！」私が何を着ていようとあなたに何も関係ないでしょ、と言うつもりだったのだが……。

「それなら想像できる。プールで、小さな赤い布をつけているだけだった君の姿は、僕の網膜に焼きついているから。あのときは全部合わせても三センチぐらいしか布がなかったね。さて、君が処女の恥じらいから電話をたたきつける前に言っておくけど、僕は仕事で、土曜の夜七時までロンドンに戻らない。だから指輪は、午後の四時に使いの者に届けさせるよ」

「なんの指輪？」チェルシーの顔はまださっきのビキニの話で赤くほてっていた。それに、彼はどうして私がバージンだと知っているのだろう？

「僕らのエンゲージリングだよ。ほかのなんだと言うんだ？」

「そんなもの、いらないわ」

「いるとも。パーティーの出席者はみんな僕らの婚約を知っていて、わが社が手に入れうる最高の宝石が君のきれいな指に輝いていると期待するだろう。だから君には、僕のために指輪をはめ、僕のために美しく装い、僕のためにほほ笑んでほしいんだ……」催眠術をかけるような、ソフトな声だった。チェルシーはせつなさに胸が締めつけられた。「おやすみ、「マイ・ラブ」クインがささやき、そして電話は切れた。チェルシーは受話器を置いて枕に顔を埋《うず》めた。

私は彼の〝マイ・ラブ〟ではない。決してそんなものにはならない。でも、ああ、そうだったらどんなによかっただろう！


次の日チェルシーはわけもなく泣きたい気分だった。そして、また会社に遅刻した。いつもどおりの時間に起きたのだが、霞《かすみ》のかかった自分だけの世界にしょっちゅう入り込んでしまい、身支度に手間取ったのだ。その世界はクインの言葉と、ほほ笑みと、自分は特別な女性だと感じさせるあのまなざしだけで構成されていた。

シャンプーのＣＭの照明効果について、ほんの少し変更を加えてスタジオから戻ったチェルシーは、デスクの上に山積みされた書類を見てうんざりした。

仕事がいやになったり、まったく興味が持てなかったりしたのは初めてだ。たぶん私は変な病気にでも取りつかれたのだろう。前例のない無力感の説明がつくような病気――パーティーに欠席する正当な理由になるような病気に。

チェルシーは広告文案部から回ってきた原稿を開き、気持を集中しようと努めた。だが、どうしてもだめだった。彼女は眉を寄せ、なぜクインは私を脅迫してベッドに引き入れようとしないのだろうと考えた。それ以外のことはなんでもしているのに。ライダー・ジェムのパーティーのあとの食事、それから昼食、そしてモンクス・ノートン行き、そして昨夜のことは言うに及ばない。

でも私はその都度、クインが脅しを実行に移すと本気で信じていたのだろうか？

チェルシーは真っ赤になり、書類の山を脇へ押しやって頭を抱えた。もちろんそうじゃない。クインは自分が気に入らないからといって、ほかの人のキャリアを台なしにするような人間ではない。

今こそ自分に正直になり、それを認めるべきときだ。クインはゲームをしている。そして私は抵抗しながらも、脅されたふりをして彼に従っている。事実はそうでないことを知りながら。

つまり私は臆病《おくびょう》だということだ。感情的にも、道徳的にも。自分の女としての要求に向き合うのが怖いから、強制されるふりをしている、愚かな二十六歳のバージン！

クインは私に何も強制しなかった。仕向けはしたけれど、強制はしていない。私はアパートメントのプールで初めて彼に会ったときから、おそらく性的な意味で彼を意識していたのだろう。ライダー・ジェムのパーティーでクインを見たとたん、フィアンセの役を演じてもらうことを思いついたのも、フロイトに言わせれば、潜在意識のなせるわざだというわけだ。

もし私がクインの数々の要求をきっぱり断ったら、彼は例ののんきな笑みを浮かべ、別の方策を取るだけだということを、私は知っていた。クインは私のキャリアや将来をつぶしたりする人ではない。でも私は心の声を聞こうとせず、彼が私に強制するのだと思い込もうとした。実際は、自分がやりたかったことばかりなのに！

チェルシーは苦しげなうめき声をあげた。後ろでモリーの声がした。「大丈夫？」

物思いにふけっていたので、ドアが開く音に気づかなかったらしい。チェルシーは秘書にほほ笑みかけた。「ええ、大丈夫。ありがとう」変な病気にかかったのかしらと思うなんて、とんでもない話。深刻な正直病をわずらっているだけだ。

「面接のことを気にしているのね。心配ないわ。外に求人広告を出すなんて時間の無駄よ。この数カ月間、あなたがこの部を一人で取りしきってきたことは、みんなが知っているわよ。サー・レオナードだって、今度ばかりは男尊女卑のもやの中から出てきて、真昼の光を見るでしょうね！　だから、元気を出して。おいしい紅茶でもいれましょうか？」

「ぜひお願いするわ」チェルシーは心からしぼり出すようなため息をついた。ほんとにしっかりしなくては。今日の午後、社長と役員たちの予備面接があるのをすっかり忘れていた！　モリーに言われなければ、このまま鬱々《うつうつ》として座っていたことだろう――夜間の清掃の人に追い出されるまで。

チェルシーは急いで頭を切り替え、決意を持って仕事に取りかかった。これまであんなに熱中してきた仕事が、今はもうあまり重要に思えなくなってきているのは、どういうわけだろう。

「チェルシー？　私よ、ジョアニー」

チェルシーはソファーに座りながら、受話器を握る手を少しゆるめた。クインから、出張が長引いて今夜のパーティーに間に合わなくなったと知らせてきたのではないかと心配したのだ。〝心配〟ですって？

「お母さんからもう聞いた？」妹が言った。

「何か悪いことでもあったの？」チェルシーはとっさにきき返した。

「そうじゃないの。二週間ほど前に電話があって、お母さん、とうとうヴィトと正式に結婚するんだって。お母さんのために、ほんとによかったと思ってるの」ジョアニーはとてもリラックスしているようだ。この前、最後に話したときは泣くばかりで、ほとんどものが言えなかった。あのとき妹は離婚直後で、最悪の精神状態だったのだ。そのあとフランスに行き、二回ほどしか会ったことのない遠縁のいとこのところに二、三週間ほど身を寄せ、傷を癒《いや》すことになっていた。きっとそれがうまくいったのだろう。「お母さん、お父さんのことでは苦労したし、私たちのためにも尽くしてくれたんだから、幸せになる資格はあるわ。安定した生活が、何よりお母さんの願いだったんだから」

「私たち三人、ステップニーの家で、安定した生活をしてたじゃない」チェルシーは言わずにいられなかった。母のためには、よかったと思う。だが母があんなふうに自分たち二人を置いて出ていったことに、今でも傷ついている。

「でも、それは同じじゃないわよ。私たちがいなければ、お母さんはとっくに再婚してたと思うの。どんな男の人だって、すでにでき上がってる家族がほしいとは思わないでしょうからね。特に年ごろの娘が二人もいるんじゃね！　お母さんが出ていったのは、私たちが大人になってからでしょう。私はもう就職してたし、お姉さんはカレッジの卒業間近で、キャリアウーマンの第一歩を踏み出そうとしてたわ。それに、お母さんは家を売ったお金を一ペニーも受け取ろうとしなかったわ」

「それはそうね」妹の言うことは正しいと思う。チェルシーは目の奥に涙がこみ上げてくるのを感じた。「私に直接電話してくれたらよかったのに。そうしたら心からお祝いが言えたと思うわ」

「もちろんそのうち電話してくるわよ。何度かしたけど、つながらなかったそうよ。どこかに行ってたんでしょ。それか料金未払いで、電話を止められたかね！　ともかく……」ジョアニーは少しのあいだ黙った。「ほかにもニュースがあるの。いいニュースよ。トムと私、また一緒になることにしたの」

「ジョアニー……それって、賢明なことかしら？」チェルシーはつい金切り声を出した。あんなに苦しんだっていうのに……。

「愛に、賢明さなんていらないわ。離婚が決まったとき、トムも私と同じくらい打ちのめされたんですって。まるで世界の終わりが来たみたいに……私たち二人とも同じ思いだったのよ。そのこと自体、なんらかの意味があるでしょう。トムはフランスまで来て、それで私たち、もう一度やり直そうということになったの。愛の力を信じようということよ。歯を食いしばって、信じるの！」

電話を切ったあとも、チェルシーはクインのことを考えながら長いあいだ宙を見つめていた。ジョアニーは愛と信頼の力を説く。自分の未来の幸せを一人の男に託すことを。チェルシーは恐れを感じた。なぜならそれは未来のドアが開き、クインが入ってくるようなものだから。そして彼はずっと私とともにいるだろう。愛が失われても、クインは永遠に私の心に残るだろう。実体のない、現実ではない姿で。

チェルシーはまた、さっきの疑問を思い返した。なぜ私はたいして闘うこともなく譲歩してしまったのだろう？　私の抵抗なんて、通りいっぺんの、見せかけだけのものだった。あのときから私は、彼の言いなりになることを望んでいたのだろうか。私はあのとき、すでにもう彼に恋してしまっていたのだろうか。

チェルシーは立ち上がった。もう時間だ。おふろに入り、クインのために美しく装って彼の指輪をはめなければ。

チェルシーは午前中いっぱいかけて、完璧《かんぺき》なドレスを探し回っていた。それは今、ベッドの上に置いてある。深いすみれ色のシルクのドレスで、ネックラインは深く、細い肩ひもがついている。とても払えるような値段ではなかったのだが、クインのために美しくありたいと思って買った。なぜなら、信じられないことだが、彼女はクインを、取り返しがつかないほどに深く愛してしまっていたからだ。

指輪は午後に届けられた。見たことがないほど大きい、すばらしいダイヤモンドだった。そう、これも彼のためにつけよう。この輝きが噂《うわさ》好きな世間の人々を黙らせるからではなく、夢のような数時間のあいだ、この指輪がほんとうに何かの意味があると思い込むことができるから。

そして、クインを全身全霊で愛していると認めれば、私は彼のところに行き、彼と住み、彼が望むだけのあいだ彼の愛人になることができる。だが私は、すべてが終わったあとの苦しみと喪失感と寂しさに耐えるほどの勇気を持っているだろうか。クインはなんの約束もしなかった。情事が続いているあいだは誠実でいるということ以外は。

それだけで充分なのだろうか？　彼を知って、彼を愛したあと、私は前と同じ人間でいられるだろうか？

わからない。何もかも、わからなかった。

音楽はテンポが遅く、誘うようで、体に重たく響いてくる。クインがチェルシーを抱き、二人の体が一つになって動くさまは、まるで魔法のようだった。クインの目には、チェルシーがこれまでに気づかなかった何かがあった。温かさ、やさしさ、愛情といったものが。それとも、それは前からあったのに、私が見ようとしなかっただけかもしれない。何も見ないほうがいいと考えていたのだろうか。

でも、今ではははっきり見える。私はクインを愛している。そして彼が何を求めてきても、それを与えなければならないと、心の奥深くで思っている。これ以上は闘えない。今夜、もっとあとで、それを彼に言おう。

「いったいいつ、この人込みから抜け出せるんだろうね」クインが、今日は肩に下ろしているシルクのようなチェルシーの黒髪に鼻先をすりつけながら言った。

彼が耳たぶを噛《か》むのでチェルシーは息を止めたが、それでもどうにか言葉をしぼり出した。「ビュッフェテーブルのごちそうを食べずに帰るの？　おいしそうだったわよ。私、おなかがすいているの」

「僕もだよ、マイ・ラブ。僕もだ」低くてセクシーな響きは、彼の頭には食べ物のことなどかけらもないことをにおわせた。彼がチェルシーを固く抱き、ふれ合う体の熱は二人を融合させる。二人はゆっくりと一緒に体を揺らしていた。

チェルシーは立っているだけで精いっぱいだった。彼を恋い焦がれる気持に骨まで溶かされ、弱々しく彼の肩に頭をあずけていた。

「君がどんなことを言っても、僕のかわいい食いしん坊さん、僕は君の言うとおりにするよ。いつだって」

それがほんとうだったらいいんだけど。チェルシーは小さくため息をつき、クインにうながされてエレガントなビュッフェルームに歩き出した。

「君の好きなものを選んでいいが、ただし、二口だけだぞ。あとで僕らだけのディナーを予定してるんだからね。今夜はたくさんの人たちが、君の指に婚約の証《あかし》を見た。だから義務は果たした。あとは僕が君を独占する」

チェルシーは自分の感情を隠せなくて、すばやくクインの顔を見上げた。彼は重々しく言った。「プレッシャーを与えるつもりはない。僕はいつまでも待つよ、マイ・ラブ」

クインの金色の目はとても真剣だった。彼は握った温かな手に、安心させるように力をこめた。チェルシーの中の緊張感が解けていった。「ごめんなさい、化粧室に行きたいの。長くはかからないわ」

「待ってるよ」クインは彼女の手に口づけして言った。

チェルシーは歩いていった。胸はドラムのように高鳴っている。しばらくのあいだ一人になりたかった。これまでの夕べは完璧だった。チェルシーは身も心も彼に魅了された。運命が定めるかぎり、二人は一緒だ。今では彼女は、自分たちの関係を実体のある堅固なものだと思えるようになっていた。その上により強い、より永続的なものを築ける基盤があると。

けれども、クインが〝たくさんの人たちが、君の指に婚約の証を見た〟と言ったとき、外見と真実は違うのだと思い知らされて、チェルシーはことのほか傷ついた。

今夜二人は、もっとも有名なチャリティー団体の輝けるスポンサーたち――実業界の大物、閣僚、社交界の花、そして王族も二人いた――の前で、カップルであることを表明した。これで、いかにしつこいサンディでも、クインをあきらめざるをえないだろう。

いいタイミングで彼の冷酷さを思い出したものだ。なぜなら、私の気持はもうきちんと整理されているから。そういう冷酷な点さえなければ、クインは完璧だ。彼のおかげで、完璧な人間などいないという事実に目覚めることができた。

だれにだって性格上の欠点はある。それは許容し、理解しなければならない。私はそうできるだけの大人だ。だって、私といるあいだは、クインは私のもの、私だけのものだから。愛する時間は短いかもしれないけど、もし神さまが味方についてくだされば、それは永遠になるだろう。私はロジャーの裏切り以来初めて、愛の力を信じるだけの勇気を得た。クインへの愛を信じる勇気を。

でも現実は予想がつかない。私は、クインの情熱がいつか冷める日が来るという覚悟を持ち続けなければならない。その日が来たら、私は威厳を持って立ち去ろう。思い出だけを大事にして、そのあとの空虚な日々の宝にしよう。

決して、不運なサンディのように、クインにわざわざよこしまな手を使わせたりしない。悲しみの冷たい手を振りはらい、チェルシーはきらびやかなパーティー会場に戻っていった。今夜、彼の言っていた二人きりのディナーの席で、私は正直になろう。あなたを愛している、あなたの恋人になりたいと言おう。そのあいだだけはと彼が約束した誠実さ以外、何も求めずに。

チェルシーは美しく着飾った人たちのあいだを縫って歩いていった。クインはきっと待っているだろう。ハンサムな顔にいら立ちを隠さずに。たぶん私のために取ってきてくれた料理の皿を持っているはずだ。うずらの卵一個と、キャビアをたっぷりのせた小さなトースト一枚ってところかしら。彼は私が全部のごちそうを味わうまで待つ気はないとはっきり言ったから。

チェルシーはほほ笑みながら、前方の、ふつうより大きめの集団を通り抜ける方法を考えていた。真ん中を行こうかしら？　それとも、迂回《うかい》する？

迂回するほうがよさそうだと考え、チェルシーは最高級の真珠で飾り立てた貴婦人と、朱色の壁紙を張った壁に沿って並べられている金色の椅子のあいだをすり抜けようとして、謝罪の言葉を唇に浮かべた。

しかしみんながチェルシーに気づく前に、そして彼女が何か言葉を発する前に、貴婦人がよく通る声で、さげすむように言った。「そろそろライダーも断固とした態度をとるべき時期よ。あのはねっ返り女が求めているのはただ一つのことだと、彼もわかってるはずなんだから。わざわざ遅れてきて、みんなに、もちろん彼にも存在をアピールしてね。問題は、サンディが彼を意のままに操るこつをつかんでるってことよ。彼のほうは、サンディに抵抗できないんだから。ほら、見てごらんなさいよ」

みんなが首を回した。チェルシーもそうした。サンディという名前を耳にしただけで、彼女は凍りついた。青ざめた顔で、これほど非難されているその〝ライダー〟という人物がクインではなく、ほかのだれかであることを祈った。

だが、彼を見間違うことはありえなかった。天井まで重なり合うほど部屋にたくさんの人がいて、彼がその一番下にいたとしても、あんなふうに特別な男性的魅力を発散する人を、だれも見過ごすことはできないだろう。

そしてクインが一緒にいる女性――単に一緒にいるというより、すっかり心を奪われていると言ったほうが正しいが――その女性も、見過ごせないタイプの女性だった。赤銅色のカーリーヘアがクリーム色のむき出しの肩にかかり、ぴったりした炎のように明るいオレンジ色のドレスから豊満な体がはみ出している。真っ赤なマニキュアをした小さな手はしっかりとクインの肩に置かれ、愛らしい顔はあらゆる手練手管で男をだまそうとするかのように、彼の顔をのぞき込んでいる。

そしてクインは喜んでだまされたがっているように見えた。喜んでいるどころか、狂喜していると言ってもいい。チェルシーはナイフで刺されたような嫉妬《しっと》の痛みを胸に感じた。クインはセクシーな美人を腕に抱き、笑いながら、赤毛に縁取られたはなやかな顔をのぞき込んでいる。

チェルシーは背を向けた。脚が自然に動き、彼女はいつの間にか豪華なホテルのロビーに出ていた。自分がこんな状況に耐えきれるかどうか定かではなかったが、別にどちらでもよかった。

クインは、サンディが熱病のように体に取りついているとは話してくれなかった。かわいそうなクイン。彼があんなに必死でサンディを振り切ろうとしたのは、自分が彼女に抵抗できないのを知っているからだ。彼はたぶん結婚という罠《わな》が近づきつつあることを感じていたのだろう。サンディを締め出そうとするむなしい努力は、クインの貴重な独身生活における最後のあがきだったのだ。

サンディは執着心が強いのだろう。ほかの女性との婚約などというささいなことで行く手をふさがれたりしないのだ。彼女は、最後にはクインを手に入れるだろう。

9

「二度と僕から逃げるな」執拗《しつよう》にドアをたたく音に、チェルシーが出ていくと、かんかんに怒ったクインが立っていた。大きな体から怒りが発散している。「ホテルのフロント係が、君がタクシーを呼んだのを覚えてなければ、今ごろロンドン警視庁をあげて君の捜索に乗り出しているところだった」

「入ったほうがいいわ」チェルシーは青ざめた顔で後ろに下がった。傷ついた動物のように脅《おび》えていたが、彼には知られたくない。

自分の家という安全地帯に戻ったときチェルシーがまずしたかったのは、ドアに錠を下ろして電話のプラグを抜き、ベッドにもぐり込んで自分の不幸を嘆くことだった。でもクインを知り、彼を愛するようになって、真実に向き合うことを教えられた。それがどんなにつらくても。そして今は、真実にどう対処するかを学ばなければならないときだ。

今クインと顔を合わせるのは、とても苦しいことだった。それに、彼は思ったより早く来た。昔の恋人に夢中になっていたから、私がいないことに数時間は気づかないと思っていた。彼になんと言おうか考えるつもりだったのに、そんな暇もなかった。自分の心の中で真実と向き合うのと、それを彼に伝えるというのは、まったく別のことだ。

「いったいどうしたんだ。君が突然かき消えたようにいなくなったのを知って、僕がどんなに心配したか、わからないのか？」

心配？　チェルシーは無意識にかぶりを振った。そんなこと信じられない。心配するというのは、それだけその人に対する気づかいがあるということだ。私が黙って立ち去ったせいで、クインはプライドを傷つけられはしただろう。でも、それだけのことだ。

プライドが傷つくのなんて、胸がつぶれる思いに比べたら、どれほどのものでもない。

「そうだよ、心配したんだ。ちくしょう！」

クインはチェルシーがばらばらになるまで揺さぶりたいという顔をしている。実際にそうされたように、チェルシーの体は痛んだ。その痛みは、クインが抱いて、キスして、愛して、頭に取りついたすべての思考を外へ追いやってくれるまでは治らないだろう。

でも、そうなってはならない。今は。そしてこれからも。クインを愛しているから、私は喜んで彼のところに行き、二人の時間をたいせつにするつもりだった。でも私はサンディの代わりにはなれない。ほかの女性の圧倒的な魅力から彼を守る盾に利用されたくない。

あの二人が一緒にいるところをひと目見たら、クインはいくら抵抗しても、サンディと縁を切ることはできないのがはっきりわかる。彼女はクインの心の中に入り込んでいる。彼女が呼べば、クインはいつだって飛んでいくだろう。

そんな、ナイフの刃の上にいるような生活ができるはずがない。いつあの赤毛のグラマーな女性が戻ってきて、彼を連れ去るかといつもびくびくしているような生活は。

「何も言うことはないのか?」クインの声は冷たく、つっけんどんだった。怒りは抑えられているが、細身の黒いズボンのポケットの中でこぶしが握られ、頰の筋肉がぴくぴく動いている。

「ごめんなさい」チェルシーは血が出るほどきつく下唇を噛《か》んだ。クインがこれほど怒っているのを見たことはなかった。

「それだけか?」クインの冷たい軽蔑《けいべつ》のまなざしに、チェルシーは思わずあとずさりした。胸の前に腕を組みながら、ジーンズとシャツに着替える暇があったらよかったのにと思う。泣き出したい気持だ。もう少しで手に入れるところだったもの、永遠に失ったもののために、心ゆくまで泣きたかった。

それから、怒りが頭をもたげてきた。冷たい、冷静な怒りだ。私は静かで心穏やかな生活から無理やり引きずり出された。愛だけで充分だ。彼にいかに欠点があっても、彼が長期の関係を望まなくても、自分の力の及ぶかぎりクインを愛そうとまでチェルシーは思い始めた。

私の肩に真実の重荷を乗せたのは彼だ。それに耐えるのは私だ。私はしばらくはクインとともに生きようと思った。誠実でいるという彼の言葉を信じて。でも彼がサンディの抵抗しがたい魅力に、いかに骨抜きになっているかを目にして、私はもう一つの真実に目を開かれた。

「ごめんなさいだって！」クインは突然目をきらりと光らせた。

彼は二歩ほど近づいた。クインの意図は、彼がはっきり口に出して言ったほどに明らかだった。「やめて！」チェルシーはかすれた声で言った。だがクインはばかにしたように黒い眉を上げて、さらに近づいた。

チェルシーは震えながらあとずさりした。コーヒーテーブルにぶつかって転びそうになるのを、クインの手が支えた。着替える間のなかったセクシーなドレスから大きく露出した背中の熱い肌の上に彼の手が広がる。

チェルシーは、彼の男らしい体に身を寄せたい欲望と闘うために激しく震えながら、こぶしを上げてクインを押しやろうとした。しかし彼は取り合わず、頭を下げて懲罰のキスを与えた。それはチェルシーの頭からあらゆる考えを追い出した。光の中でゆっくりと開く花のように、握ったこぶしが開いていく。同時に唇も開いていった。ぴったり寄せたクインの熱い体が、ショックの波を次々に送り込み、チェルシーはなすすべもなく彼にもたれた。

クインの唇が、破壊的なセンセーションの痕跡《こんせき》を残しながら、喉の優美なラインを伝っていく。そして究極の目的地——脈打つ胸の深い谷間を探り当てた。クインの唇は熱く、肌を焦がした。チェルシーは制しきれない欲望に身を震わせた。クインが細い肩ひもをなめらかな肩から下ろしたことにも、ほとんど気づかなかった。彼の手がゆっくりとチェルシーの女らしい体の線をなぞり、胸のふくらみをおおう。敏感になったつぼみに、唇がじらすような軽いキスをする。

チェルシーは目を閉じて頭をそらした。めくるめく感覚に、体から力が抜けていく。彼女の意志はクインのセクシュアルな支配に完全に屈伏している。チェルシーはこの愛撫《あいぶ》を、そしてクインを必要としていた。彼は彼女の心の中の愛だった。そして魂の友だった。

ファスナーの下りる小さな金属音がし、ドレスがかすかな音をたてて足もとに落ちた。クインが突然、荒々しく息をのんだ。彼はチェルシーの肩に手を置いて少し体を離し、彼女のほとんど何も身につけていない姿をむさぼるように見つめた。それからゆっくりと目を上げた。そこには勝利感と、ほかの何かがあった。「僕が君を求めているのと同じくらい、君も僕を求めている」それから彼の声がやさしくなった。そこにはほほ笑みと、彼がいつでも意のままに出すことができる申し分のない魅力があった。

今では、彼の手はリラックスしていた。力を使わなくても彼女をつかまえていられるとわかったのかもしれない。チェルシーはクインの強力な魔術にとらわれ、彼の堅固ないとしい顔をやさしく撫《な》でた。クインは人の心を引きつけてやまない琥珀《こはく》色の目で彼女を見つめた。

「二度と僕から逃げないでくれ、マイ・ラブ。僕たちが持っているものは、無視するには惜しいほど美しいものなんだよ」

チェルシーは彼を信じるほかなかった。信じないでいられるだろうか？　全身の細胞がクインへの愛と欲求とに震えているのに。そしてその欲求は、すべての自己防衛本能と論理的思考を超越しているのに。

チェルシーは、なすすべもなく彼の魅力のとりこになっていた。クインが彼女を腕に抱き上げたとき、首に抱きついて広い肩に頭をもたせかけた。ここここそ、自分のいるべき場所だという気がした。

「君は僕のものだ。もう闘わないでくれ」彼はチェルシーのぼんやりとした考えを、よりはっきり言葉にした。

たぶん無意識に、私は長いあいだクインのような男性を探していたのかもしれない。ほかのこと全部の意味をなくしてしまう愛を、情熱を、探していたのかもしれない。見つけられるなどとは思わずに。

クインはチェルシーをベッドルームに運んだ。彼女は抵抗しなかった。したいとも思わなかった。彼女は苦しいほどにクインを愛していた。それは、クインだけが満たすことのできる欲求だった。クインは彼女を、うやうやしく小さな白い清純なベッドに寝かせた。

そして肌をおおう最後の小さなレースの下着をそっとはずした。

「君はほんとうに、ほんとうに美しい」クインのかすれた声には生々しい欲求が表れていた。彼はチェルシーの横に来て、抵抗しない体を自分のほうに引き寄せた。そして唇に、目に、首に、はかなげな鎖骨のラインに、うずく胸のふくらみにキスをした。そして彼女の体のあらゆる部分を性急に味わっていった。

狂おしいほどのエクスタシーが彼女を襲った。それは全面的な降伏を要求するものだった。避けがたい、そしてこのうえなく正しい降伏だった。

クインが身を引いたとき、チェルシーは荒々しく絶望的な衝動に駆られて手を差し伸べた。クインは両手でその手をつかんだ。「わかってるよ」彼は丸められたてのひらの中央に、温かなキスをした。「僕は君を僕のものにする。ゆっくりと。できるかぎり君にとってすばらしいものにしたい。それには、ペースを落とさなきゃね」クインはいたずらっぽくほほ笑んだ。「君は僕から自制心を失わせてしまいそうになった。まるで不器用なティーンエイジャーみたいに」彼はそっとチェルシーの手を放すと、ネクタイを取り、シャツのボタンをはずしてジャケットを脱いだ。チェルシーは彼にふれ、彼を愛撫したいという信じられないほど強い欲求を感じた。

彼女は夢中でクインのシャツに手をすべり込ませた。彼の胸を、強さを、温かさとパワーを、指先とてのひらで探った。それから力強い首と、顔とあごにふれた。それでもまだ充分ではなかった。

チェルシーの手は、今度は彼の豊かな髪をまさぐった。黒髪の奥深くで、薬指のダイヤモンドが冷たく光った。クインの冷静さを象徴するように。チェルシーは突然はっきりと、クインがいかに計算高く自分を利用しているかを思い出した。まるで心臓にナイフを刺されたようだった。チェルシーの体は冷たくなり、動かなくなった。頭はこのうえなく明晰《めいせき》になって苦痛が心をさいなんだ。チェルシーは泣きたくなった。

クインにとって私は、サンディがもたらす危険を防ぐ盾として利用している女にすぎないのだ。ゴージャスな赤毛女性があまりに魅力的で、自分の意思に反して結婚してしまいそうだから。そして彼女が財産目当てで自分と結婚したのではないかと、一生迷わなくてはならないから。

ベッドに連れ込もうとするほど私に魅力を感じてくれたのは喜ぶべきかもしれないけど、私はそれだけではいやだ。私は彼の愛を得るために闘うつもりだった。自分たちの関係がより深い、より永続的な、いっそう価値のあるものになることを望んでいた。でも私はサンディの圧倒的な魅力を相手にして闘うことはできない。

チェルシーはゆっくりと手を下ろし、胸をおおった。それ以外にできることはほとんどなかった。彼女のほっそりした体は、あまりにも奔放にさらけ出されていた。

「できないわ、クイン」チェルシーは疲れたように言った。満たされなかった体に、心がずっしりと重かった。「あなたが何を求めているか、わかっているけど、それだけでは私には充分じゃないの。私は、すべてか、何もないかでないとだめなの」

関係が続くあいだの忠誠と貞節だけが、私が求めていいとされるものだった。でも、そんな小さな慰めさえ、私には否定されるのだ。サンディは、ただ現れて、クインを彼女の魔術でとりこにすればいいだけ。耳に入った会話からすると、クインがサンディに抵抗できないことは、みんなも認めている。

自己防衛のために演じた婚約劇も、クインにはなんの防御にもならなかった。クインはそれを知っているから懸命に闘っている。でも私は彼の武器になんかなりたくない。そんなふうに利用されるには、プライドと自尊心がありすぎる。

長い時間、クインの金色の目がチェルシーの青ざめた顔を子細にながめていた。柔らかな乱れ毛の無防備な感じが、引き締めた口もとと妙に釣り合わない。やがてクインは、彼女のそっけない言葉と、きっぱりした拒否をようやく理解したとでもいうように、ゆっくりと口を開いた。

「それが君の結論なんだね。君は時代遅れな考え方にとらわれて、僕たちが共有しているものを捨て去ろうとしているんだ」彼は口をゆがめた。「君もほかの女と同じだよ。約束にばかり熱心で、与えることには不熱心なんだ」

クインは不意に立ち上がり、ジャケットを手に取った。

「女の頭がどんなふうに働くかは、わかってる。男を自制心の限界まで連れていって、結婚話を突きつけるんだ。がっかりさせて悪いけど、僕は君にプロポーズはしないよ」クインは最後に苦々しい視線を投げると、大股でドアに向かった。そして出ていく直前に振り返り、冷酷な顔のまま長いこと黙っていた。チェルシーはもう少しでヒステリックに叫び出すところだった。

それからクインは辛辣《しんらつ》に言った。ほとんど猛々《たけだけ》しいと言っていい表情は、あのいたずらっぽくチャーミングな彼とは別人のようだった。

「信じることを恐れるのは、生きることを恐れるのと同じだ。臆病《おくびょう》者は寂しい人生しか送れない。そのことをよく考えるんだね」

そのことをよく考える。チェルシーは暗闇《くらやみ》の中でぱっちり目を開き、そのことだけを考えていた。涙は出ない。泣くつもりはなかった。私は運よく脱出できたのだ。もしあのまま最後まで行っていたら、私は永久にだめになっていた。私はクインと一緒に暮らし、愛と希望を持って生きていただろう。彼への愛、そして、いつか彼も私を愛してくれて、私たちの関係が永久的なものになるだろうという希望を。

でも希望なんかなかったのだ。偶然耳にしたこと、この目で見たことで、それがはっきりした。そして愛は苦痛に、苦痛は苦々しさに変わった……。

だから私は泣かない。

朝が来るのに十年ほどもかかった気がした。チェルシーはたくさんの決意とともに朝を迎えた。私はなんとか努力して、以前の私に戻ろう。自分と、自分の人生の選択に自信を持ち、キャリアの上で行けるところまで行こう。すべての情熱を仕事にかけよう。前もそうしていたのだから、これからもできるはずだ。

クインとのつかの間の愛は終わった。ファンタジーは幕を閉じたのだ。

鏡に映った姿は、いちおう合格だった。かすかなピンストライプが入ったグレイのスーツに、淡いブルーのブラウスという組み合わせは、きまじめでビジネスライクに見える。黒髪はべっこうのクリップで一つにまとめた。化粧はいつもより心持ち濃いめにした。目の下のくまを隠すためにはしかたがない。

幕を完全に下ろすには、あと一つやるべきことが残っている。指輪を返すことだ。

ゆうべ返せば、二度と会わずにすんだのにと後悔しながら、チェルシーは、エレベーターでペントハウスまで上がっていった。でも、ゆうべはそんなことを思いつきもしなかった。クインの、抵抗できないものに抵抗しようとする哀れな試みのことで、頭がいっぱいだった。

なんにせよ、クインのすることを〝哀れな〟と表現するなんて、とチェルシーは自分ながら意外な気がした。彼女はペントハウスのドアに続くカーペット敷きのフロアで立ち止まり、自分が何を考えたのかを分析してみた。それがわかったとき、チェルシーは深く息を吸い込み、肩をすくめた。

クインは赤毛美人との闘いに破れようとしている。私はクインを愛していて、彼のことを気づかっているから、救いの手を差し伸べてもいいと思っている。彼の愛人になろうというのではない。あとの苦しみを思えば、それだけはどうしてもできない。

でも、私はクインにまじめに話をしてあげることはできる。もしそんなにサンディに抵抗するのがむずかしいなら、闘いをあきらめ、彼女を永続的な形で必要としていることを認めたらどうかと指摘するのだ。

もちろん、そんなことをするのが自分にとってどんなにつらいかは、わかっている。昨日は流さなかった涙が、もうまぶたの裏にこみ上げてくる。でも、クインを愛しているから、私はあえてしようと思う。それに、ゆうべ私が彼を拒絶したのは、結婚の申し込みをさせるためではないということも、わかってほしい。

気弱になる前に、チェルシーはブザーを押した。クインを愛しているがゆえに、ほかの女性との結婚を勧める。これほど人は無私無欲になれるものかと、彼女は自分ながら感嘆した。

もっとも、表彰ものというほどではないけれど。結局、私は何も犠牲にしてないんだもの。初めから、私には永続的な希望なんてなかった。たしかにクインは、愛人にしてもいいと思うほど私のことを気に入ったのだろう。ほかの女性とつき合うことで、一時的にでもサンディのことから気をそらせるから。でも、そうはいかなかった。ゆうべのパーティーで彼女が姿を現したとたん、クインはのぼせ上がった。自分でもどうにもできなかったのだろう。

ドアのノブが回されたとき、チェルシーの心臓は陸に上げられた魚のように跳びはね始めた。握り締めた指輪が、てのひらに食い込む。自分の感情を隠して、ほかの女性のところに行くように勧めるのはむずかしいだろう。私自身がこんなにも彼を求めているのだから。

突然チェルシーは頭が真っ白になり、息が苦しくなった。ドアを開けたのがクインではなかったからだ。きびきびした愛らしい顔に、眠たげな茶色の目、もやのように広がる赤銅色の髪が目の前にあった。

サンディはクインのものらしいシャツだけを着ていた。真っ赤なマニキュアをした手がシャツの前をかき合わせ、もう一方の手が猫のような小さなあくびを隠す。

クインの腕で眠っているところを起こされたのだろう。彼女はゆうべの炎のような色のドレスを着ているときよりずっと若く見えた。チェルシーは今すぐこの場から消えなければならないと思った。吐き気を抑え、こぶしを開いて指輪を差し出す。「クインにこれを渡してください」そう言ってチェルシーはきびすを返した。エレベーターに着くまで、脚が体を支えてくれることを祈りながら。

エレベーターの壁に弱々しくもたれ、チェルシーは涙をこらえた。自分に腹が立ってならなかった。

自分のことは顧みず、クインにサンディのところへ行ってほしいと善人ぶって忠告するなんて、たわごとだった。私はずっと自分に嘘《うそ》をついていた。なんて立派なんだろうと、自分をほめて……。実際のところ、私はずっと、クインが自分はサンディなど求めていないと否定してくれるのを期待していたのだ。僕が命をかけて求めているのは、とうてい魅力に抵抗できないと思っているのは君だと、言ってくれるのを待っていた。この私――大ばか者のチェルシー・バイナーを求めていると!

10

「これこそ私のほしかったものよ」ジョアニーがため息をつき、チェルシーが部屋に戻ってからこしらえたラザニアとサラダの最後のひと切れをフォークに刺した。「結婚式に行くと、なぜかいつも涙もろくなっちゃうのよね。お母さん、とてもきれいだったわ。ねえ？　ヴィトもすてきだったし。ロンドンで式を挙げてくれてよかったけど、すぐにローマに帰っちゃうなんて残念ね。二、三日でもいてくれたらよかったのに」

「ヴィトも、イタリアにいる家族とお祝いがしたいんでしょう」チェルシーは、役所での式のあとの小さなランチパーティーでヴィトがプレゼントしてくれた細いチェーンのペンダントを無意識にさわっていた。

チェルシーは母親と太ったイタリア人との関係について、考えを改めた。二人はほんとうにお互いだけしか目に入らないほど愛し合っている。チェルシーは二人のためにうれしかった。でもジョアニーは不服そうだった。

「ほんとに、もうちょっといてくれたらね。そのうえ、トムまで式がすんだらすぐにシュローズベリーに行ってしまうなんて。最終面接があるのよ。職が変われば地位も上がるし、給料もアップするの。それに私たち、田舎に住むのは好きだしね。子供を育てるには、そのほうがずっといいわ」ジョアニーはほんのり赤くなり、集めた皿を小さくて機能的なキッチンに運んだ。チェルシーはコーヒーメーカーのスイッチを入れた。

「トムと私の再婚を祝って、盛大なパーティーを開くつもりだけど、向こうで家が見つかるまでは日取りを決められないのよ。トムは不動産屋のパンフレットをごっそり持って帰ると言ってるけど。早く適当な家が見つかるといいんだけどね。一週間か二週間、ここにいさせてもらって、ほんとにかまわないの？」

ジョアニーは皿をシンクにつけ、チェルシーはふきんを取った。「もちろんよ。このソファーはベッドになるから。もっとも寝心地は保証できないけどね」

妹が、離婚以来住んでいたさびれたアパートメントに戻りたくないのはわかる。みじめで寂しい日々の思い出が詰まっているからだろう。トムはシュローズベリーの新しい職場に行くまで、クラーケンウェルの学校時代の友達のところに泊まっているから、新しい家が決まるまでジョアニーがここにいるのは合理的だ。だがチェルシーは、これだけは言っておかなければと思った。「私、このアパートメントを売りに出したのよ。もう買い手がついたわ」

「なんですって？　だってお姉さん、ここでとても幸せだったじゃないの！　このアパートメントはおしゃれで静かで、お姉さんにぴったりだわ。それに大事な大事な仕事の場に行くにも便利だし」

ジョアニーは信じられないというように姉を見つめている。チェルシーは硬い表情で、最後の皿を拭《ふ》き終わり、コーヒーをカップに注《つ》ぎ始めた。

チェルシーは自分の住まいを誇りに思っていた。それは彼女が自分で選んだ仕事における業績と成功のシンボルだった。でも、クインが――そしてたぶんサンディがペントハウスにいるのに、ここに住み続けるわけにはいかない。それはできない。二人がここにいないときは、モンクス・ノートンにいることがわかっている。クインはあの愛らしい家に、暇さえあれば行くようだから。二人があの家で、結婚して子供を育てることを考えるとてもつらい。クインの子供――琥珀《こはく》色の目をした黒髪の、愛する彼にそっくりの小さな子供たち。それを考えると叫び出したくなる。

「それで、どこへ行くの？　もう別の家を見つけたの？」ジョアニーがきいた。チェルシーは口をきく自信がなく、黙ってかぶりを振った。コーヒーを運ぶ手がおぼつかないせいで、カップがソーサーの上でかたかた音をたてる。

どこかに行くあてなんてない。クインから離れたいという思いだけで頭がいっぱいで、ほかのことが入り込むすきがない。仕事のことさえもだ。

気持が顔に表れていたのだろうか。ジョアニーがカップを受け取り、テーブルに置いて言った。「何を悩んでるのか話して、お姉さん」そしてやさしくチェルシーの肩を抱いた。昔、家で物事がうまくいかなかったとき、いつもこうしてお互いに慰め合ったものだった。「男の人のことね。そうでしょう?」

ジョアニーに言われて、チェルシーはわっと泣き出した。妹とはとても仲がよく、子供時代、世界がばらばらになったように思えたとき、お互いをとても頼りにしていた。それにチェルシーは、これ以上自分のみじめさを自分だけのものにしておけなかったのだ。

すすり泣きが静まってくると、チェルシーはときどきしゃくり上げながらすべてを話した。ジョアニーは食事のときに開けたワインの残りをグラスに注いで、姉の手に握らせた。

「お姉さん、ほんとに勘違いしてるんじゃないでしょうね? 話を聞いてると、彼はずいぶんお熱だと思うけど。とにかく、ワインを飲んで考えてみなさいよ。自慢の頭を使うのよ。こう考えてみたら? 彼はお姉さんに夢中なのに、拒否された。だから、その赤毛女性に慰めを見いだしたんだって」

「それは違うわ。あなたは二人が一緒にいるところを見てないし、ほかの人が話していたことを聞いてないからそう言うのよ。クインがサンディと離れられないことは、みんなが知っているわ。クイン自身も言ってたもの。婚約したふりをすればサンディを追い払えるって。このところ何カ月も、特別しつこい女に悩まされてるけど、僕がほかの女性を愛しているとわかれば、僕の前から消えてくれるだろうって。女が結婚を望むのは、それが経済的に安定した生活へのパスポートだからだとも言ったわ」

ジョアニーはワインをもう一本開け、チェルシーのグラスになみなみと注いだ。チェルシーはありがたくそれを飲んだ。ワインはほんの少しだけど、苦痛を和らげてくれる。悲しみを忘れるためにお酒を飲む人がいるというのもうなずける。

「クインはサンディに首ったけなの。今までそれを認めることができなかったのよ。でもパーティーの夜、私と別れてから、とうとう認めたに違いないわ。サンディに電話してプロポーズし、彼女がペントハウスに飛んできて、それから……二人は契約に調印したんでしょうよ。かわいそうに、クインはとうとう降伏したんだわ。そして一生サンディはお金のために自分と結婚したのだろうかと思い悩み続けるってわけ。その考えを頭から振り払うことができないのよ」

「かわいそうにですって！　私には、彼って正真正銘のろくでなしに思えるわ」

「そうじゃないわ」チェルシーはかぶりを振った。なぜ自分の人生をめちゃめちゃにし、ハートのあった部分に苦しみだけを残して去った男の弁護をするのかわからない。

私は以前、男性全体を信用できなくなっていたが、少なくとも今回ジョアニーと母、クインから多くのことを学んだ。そしていつか――もちろんずっと先だけど、いつか――私は、好きになれて尊敬できる男の人と結婚し、友情と、起伏ある人生をともに歩く喜びを持つことだけで満足しよう。たぶん子供ももうけて。たぶん……。今はそんな先のことは考えられないけど。

「その夜以来、彼に会ったことはあるの？」ジョアニーはきき、ふだんはあまり飲まない姉がグラスを次々に空にするのを見て眉を上げた。

「いいえ。私のことは、もう思考の外に追い出してしまったんでしょう。彼がまだサンディにプロポーズするところまでいってないとしても、そしてサンディが結婚をあくまで要求する方針を変えたとしても、私は彼女を通して指輪を返したんだから、サンディは、婚約がもう解消されたことを知っているでしょうよ」自分が何を言ってるのか、よくわからない。明晰《めいせき》にものを考えることがもうできなくなっているのだ。ジョアニーが不審そうに眉根を寄せているのを見て、チェルシーはさっきの質問に戻った。「一度、クインがエレベーターに乗り込むところを見たことがあるわ。駐車場から車で出ていくところもね。彼は私に気づかなかったわ。もしクインが私に会いたいのなら、私の居場所はわかってるんだから」

そのことでチェルシーは、言葉にできないぐらい傷ついていた。臆病《おくびょう》者は寂しい人生しか送れないと言い残してクインが立ち去って以来、二週間がたった。チェルシーは、彼がまた来るのではないかとひそかに考えていた。軽蔑《けいべつ》の言葉を浴びせるとか、どうしてサンディを通して指輪を返したんだと責めるとか、結局サンディと結婚することにしたと報告するとか、なんでもいい。

だが、なんの音沙汰《おとさた》もなかった。チェルシーはこれまで経験したことがないほどの寂しさとみじめさを味わった。このアパートメントをさっさと売り払って、可能なかぎりクインと距離を置きたいという願いは日に日に強くなり、今はそのことしか頭になかった。

翌日チェルシーはひどい頭痛に悩まされた。当然の報いだと思いながら、デスクの引き出しのどこかにしまったはずのアスピリンを捜す。今日一日なんとかやり過ごせるといいんだけど。もう二度とワインを丸ごと一瓶も空けたりしないわ！

今朝チェルシーがベッドから這《は》い出してみると、ジョアニーはもう保険会社の秘書の仕事に出かけていて、今夜は遅くなるというメモが置いてあった。ユーストン駅でトムを出迎え、一緒に二人のお気に入りのレストランで食事をしながら、不動産屋のパンフレットを見るのだという。

みんな幸せそうだとチェルシーは自己憐憫《れんびん》の気持に襲われながら思った。ジョアニーとトムも、母とヴィトも。でも彼女は母と妹のためにうれしかった。私もいつかは幸せになるのだと決意して、書類の山を引き寄せる。頭ががんがんするのは無視するしかない。

モリーがコーヒーを持って入ってきたとき、チェルシーはアスピリンをのみ下したところだった。いつもは観察眼が鋭く、ずばずばものを言う秘書が、こちらの顔色の悪さや赤い目、やつれた様子について何も言わないのでほっとする。

コーヒーも飲み終わらず、薬もまだ効き始めないうちに、モリーが走って戻ってきた。

息をはずませ、興奮しきっていて、今にも感情を爆発させそうだ。

「社長がお呼びよ。すぐに来なさいって。あの噂《うわさ》はみんなほんとうだったのね。何も知らないふりをするんだから、もう！　教えてくれてもいいのに。でも、まあ許してあげる。企業秘密だものね。ともかく、社長が待ってるから早く行ったほうがいいわ。昇進の話よ、きっと」

チェルシーはため息をついて立ち上がった。もう十分もすれば頭痛がおさまっただろうに。今はさっきよりひどい感じだ。この二週間、昇進のことは考えもしなかった。どうでもよくなったのだ。飛び交っている噂話にも、社員たちのあいだにただよう緊迫感にも注意を払わなかった。

自分の仕事には全力を投入した。そのために充分な給料をもらっているのだから。でも心は、そこになかった。私の心は……。

それについては考えたくなかった。クインのことについては。今この瞬間からクインのことは心から締め出そう。こうなったかもしれないのにとか、もしかしたらとか考えるのは、まったく意味がない。

分厚いカーペットを敷いた社長室への廊下を歩きながら、チェルシーは、縁の赤くなった目のあいだの小さなしわを伸ばそうと苦労していた。あんなに望んでいた昇進のことを自分が今どう思っているかは、よくわからない。アパートメントは出るつもりだし、ロンドンを離れようかという考えも今、突然ひらめいた。ロンドンは寂しいところだ。ジョアニーとトムが田舎に行けば、もっと寂しくなる。以前は一人でいることはなんとも思わなかったが、クインを愛して以来、気弱になってしまった。

チェルシーは、いつもの固い決意でその考えを振り払い、少しのあいだ気を静めてからドアをノックした。もし社長が上のポストを提示してくれたら、受けることにしよう。技術と経験を要する質の高い仕事を、一人で切り盛りできるというお墨付きをもらえば履歴書に箔《はく》がつく。いずれ地方の広告代理店に行くか、地方のTV局で仕事を探すときに役に立つだろう。

年取ったピラニアを思い起こさせるレオナード社長の秘書が、きちんと片づいたデスクから顔を上げ、にこやかなほほ笑みを向けた。「どうぞ、そのままお入りなさい。社長がお待ちかねよ」

チェルシーは内心驚きながら言われたとおり歩いていった。ミス・ナッチの笑顔を見たのは初めてだ。私の知るかぎり、ほかのだれも見たことがないはずだ。これは昇進の話に間違いないと思いながら、ノックしてドアを開ける。もし私に勇気があれば、ミス・ナッチにもっと笑うように言うんだけど。顔の印象がまるで変わってしまうもの。それからチェルシー自身の唇の端にただよっていた微笑が消え、顔が石のようにこわばった。そして真っ赤になり、次に真っ青になった。頭痛が千倍もひどくなり、脚から力が抜ける。

クイン!

そう口に出して言ったのか、夢の回想のように頭に響いただけなのかは定かでない。だが、チェルシーは彼がこう言うのを聞いた。「座りたまえ。パンチをくらってふらふらになったフライ級のボクサーみたいに突っ立ってないで」

チェルシーは言われたとおりにした。そうでなければ、気絶して床に倒れていたことだろう。クインとの再会、しかもこんな場所で。なぜ彼がここにいるのかわからないけれど、なんとなく見当がつく。チェルシーは綿を抜いたぼろ人形のようになった。彼女は気を落ち着かせるために組んだ手に目を落としながら、何か大きな変革が進行中らしいという社内の噂にもっと耳を傾けておくべきだったと後悔していた。チェルシーが顔を上げてクインの揺るぎない目を見つめたとき、彼は無表情に、すでにわかっていたことを宣言した。

「今日から、ライダー・ジェムがトリプルAを引き継ぐ。サー・レオナードに、彼が断れない条件を提示して交渉したんだ。この瞬間から、君は僕の指示にだけ従うことになる。わかったかな?」

わかった。わかりすぎるぐらいだ。でも私を呼んだ理由はなんだろう? どうしてここへ? どうして今? この二週間、いつだって連絡が取れたはずなのに、どうして今までほうっておいたのだろう?

あんなことがあったあとでは、もう彼は私とプライベートな面でつき合いたくないと思った。ところが広告代理店を手に入れ、私とは仕事の面でかかわらなくてはならなくなった。だから今日私を呼んだのだろう。「それじゃ、噂はほんとうだったのね。あなたは自分の会社の広告部門の仕事ぶりが気に入らなかった。それで独立した広告代理店を探す代わりに、丸ごと買い取ることを考えた。ちゃんとした実績のある代理店を。そうすれば、ライダー・ジェムの広告については完全にコントロールできるし、ほかのどの会社よりも自社を優先することができるから」

チェルシーは自分の落ち着いた話しぶりに満足していた。実際は、この先クインの下で、彼とともに仕事をしなければならないと思うと、頭がおかしくなりそうだった。

「君がそう思いたいならかまわないが、僕の意図はそう単純なものでもないんだよ」

「そう?」チェルシーはささやくように言って、青い目で彼を見上げた。その目は苦痛に満ち、ばかな自分がどれほどこの人を愛しているかという思いに暗くかげっていた。

チェルシーは突然砂漠のように乾燥してきた唇をゆっくりと舌で湿らせた。

「そうだ」クインは椅子の手すりに肘をのせて指を合わせた。「僕は君がほしい。そして君には自分の望むものを手に入れてほしい。すべてのものをだ」彼は自分の言ったことをチェルシーが理解し、受け入れたかどうかを見極めるように、半開きの目で彼女を見つめた。「一定の条件のもとで、君は今この時点から、TV広告部の部長だ。役員職も兼ねる。マイルズ・ロバーツにはいずれ職場を去ってもらうつもりだ。脅迫を行うような人間は、うちにはいてもらいたくないからね。だから……」

頭に血が上り、チェルシーは椅子から立ち上がった。こんな男を愛してしまった嫌悪と恥と怒りで体が震える。「よくそんなことが言えるわね。あなたは私と会ってこのかた、自分のやり方を通すために私を脅迫してばかりいたじゃないの！　マイルズ・ロバーツなんて、あなたと比べれば天使だわ。私は絶対に、絶対に、あなたの愛人になんかなりませんからね！」チェルシーは激しく言い、足を踏み鳴らした。おかげで頭痛がいっそうひどくなった。

「僕はもう、君に愛人になってくれなんて頼まないよ」クインはチェルシーの怒った顔を静かに見つめた。チェルシーは聞いた言葉が信じられなかった。たった今彼は、〝一定の条件のもとで〟昇進させてやると言ったではないか。その条件がどんなものかは、私自身痛い目にあって知った。たぶんクインは、まだサンディを追い払おうと必死になっているのだろう。だったらその汚い仕事は、ほかの人にやってもらうことね！

「それなら、あなたは何を考えているの？　一夜かぎりのつき合い？」チェルシーは険しい目で彼をにらむと、きびすを返した。ドアを半分出たところで振り返り、とどめの言葉を投げつける。「私の退社願を受け取ってください。正式にタイプし終わるまでの時間をいただくわ」

どうやって自分のオフィスまでたどり着いたのかわからない。何度か失敗して、チェルシーはようやく目立つ間違いのない退社願をタイプし終わった。それを封筒に入れて封をし、クインあてとする。チェルシーは部屋を出て、驚いているモリーのデスクに封筒を投げつけるように置くと、また足音高く自分の部屋に戻った。そしてデスクを片づけ始めた。

これでクインも思い知るでしょう。彼は私の気持なんか、少しも考慮していない。自分の意思さえ通せれば、私がどんな思いをしようと気にしないのだ。彼がおもりをつけて高い崖《がけ》から飛び下りたとしても、私はもう知らない。これから一生、赤毛の悪女たちにつきまとわれたって、彼には当然の報いだわ！

チェルシーは頭を高く上げて背筋を伸ばし、これを最後にトリプルAを出ていった。手近にあるがらくたは、あっけにとられているモリーから無理やりもらったビニール袋に入れて持ち帰った。アパートメントのエレベーターに乗り込んだとき、だれかがあとから入ってきた。うなじの毛が逆立つ。振り返らなくても、それがだれかわかったのだ。

彼は怒った声で言った。「二度と僕から逃げるなと言っただろう」チェルシーはゆっくりと振り返った。クインは壁にもたれ、腕を組んでいる。黒い眉は、怒った琥珀色の目のすぐ上でぎゅっと寄せられている。

チェルシーのほうも怒りはおさまっていなかったので、負けずに言い返した。「どうするつもり？　膝にのせて、お尻をたたくの？」

「僕を挑発するな！」日焼けした肌が引き締まり、美しい唇はいら立たしげに引き結ばれている。その様子を見れば、こんなにかっかしている男をからかってはいけないとわかるはずだった。

でもかまわない。彼はあまりにも私を傷つけた。チェルシーはサファイアのように冷たく目を光らせた。「脅したって私は怖くなんかないわ。だから、えらそうにしても無駄よ。それから脅しの話が出たついでに言うけど、あなたは二度と私を脅迫できないから、そのつもりで！」

クインの荒々しい顔つきを見て、チェルシーが今言ったことに自信が持てなくなったとき、幸いエレベーターが彼女の階に止まった。チェルシーは威厳を取りつくろう暇もなく、あわてて飛び出した。クインもあとから降りてくるのを見て、心臓がはね上がる。彼がチェルシーの肘をぐいとつかんだ。その拍子にビニール袋が手を離れ、これまでの職業生活の残骸《ざんがい》が、ソフトグレイのカーペットの上に散らばった。

「ああっ！」チェルシーの金切り声が沈黙の中に響いた。ばら色の唇を丸めたまま、彼女はしばし茫然《ぼうぜん》とたたずんだ。

クインはまだ彼女をつかんでいた。顔は凍りついたように無表情だ。だがたくましい胸が上下しているのを見れば、心臓が速く打っているのがわかる。それはチェルシー自身の胸の激しい鼓動と呼応していた。

こんなに近くにいると、クインは危険だ。彼は檻《おり》にでも入れて、鉄の柵《さく》で女性と隔離しておかなければならない！　チェルシーは大きく息を吸い込み、とにかく落ち着こうと思った。そして無力な女の涙に暮れ、こんなに心惹《ひ》かれる胸にもたれかかりたいという衝動と闘った。クインは何度も私にばかな真似《まね》をさせたわ。そうでしょう？　二度とそんなことをさせるものですか。

チェルシーは最後の勇気をふりしぼり、彼をにらみつけた。「サンディを追い払うために女の人が必要なら、どこかよそで探してちょうだい。私はあなたのばかばかしいゲームの片棒をかつぐのはもうまっぴら！」クインは驚いたように目を見開き、眉根を寄せたが、チェルシーは気に留めなかった。

そろそろ彼に二、三の真実を言って聞かせる時期だ。私がその役目を果たそう。彼にはずいぶん苦しめられたのだから。

「あなたは前に私のことを臆病者と呼んだわね。たしかに、そう言えるかもしれない。でもあなたこそ、だれよりもずっと臆病よ。自分がサンディを生涯求めていることを認めないのは男らしくないわ。それから皮肉屋の仮面を脱ぎ捨てて、結婚を望んでいるなら時間の無駄だから、どこかに行ってほしいとサンディにはっきり言えないとしたら、お気の毒にと言うほかはないわね！」

腕をつかんでいたクインの手がゆるんだ。彼の親指が袖《そで》を上下して、薄い生地の下の肌を熱くする。そしてこのろくでなしはほほ笑んでいる！　あの信じられないような、のんきなほほ笑み——かつては私の膝をがくがくさせたほほ笑みだ。

でも、二度とだまされない。彼が私を傷つけた罪は許しがたい。だが今は、そのことは考えないでおこう。今は怒りだけを感じていよう。怒りだけが、彼との最後の対決を可能にする力を与えてくれる。

クインの手から腕を振りほどくのは、恐れていたよりむずかしくなかった。チェルシーは震える膝をついて、オフィスの引き出しに入れておいた、顔が赤くなるようながらくたを拾い始めた。

新品の予備のストッキング、伝線が入った古いストッキング——これはあまりに忙しく、仕事に没頭していたために始末するのを忘れていたのだ。細かい化粧品のあれこれ。ティッシュペーパー。べたべたした紙袋は、破れて中からドーナツがはみ出している。

ああ、どうしてこんなものをわざわざ持って帰ったのだろう。全部、オフィスのごみ箱に捨ててくればよかった。

そして腹立たしいことに、クインまでしゃがんで手伝い始めた。顔を見なくても、彼がにやにや笑っているのがわかる。彼がほとんど空のオーデコロンに手を伸ばしたとき、チェルシーは彼の大きな手を押しのけ、ヒステリックに叫んだ。「あっちへ行って。私を一人にしてよ！」クインは私の人生を台なしにした。望んでもいないのに彼を愛するように仕向け、仕事もやめさせ、家まで売りに出させた。これ以上何がほしいの？　血まで吸い取るつもり?

クインは、最後のがらくたをビニール袋に入れ終わると、何をしてほしいか正確に告げた。

「君に会わせたい人がいるんだ」チェルシーが即座に断ろうとするのを、クインが押しとどめた。「一度でいいから、まくし立てるのをやめて、言われたとおりにしてみたらどうだ」

チェルシーがまくし立てる前に、クインがもがく彼女を吹き抜けの階段に続くドアのほうへ押しやった。彼がドアを開けるあいだ、チェルシーは足をふんばり、ビニール袋をしっかり胸に抱き締めていた。するとクインは怒った、けれどもかすかな笑いを含んだまなざしを向けると、いきなりチェルシーを腕に抱き上げ、ペントハウスへの階段を二段ずつ上り始めた。

彼は、居間に入るまでチェルシーをずっと抱いていた。そして少しも息を乱さず、するりと彼女を床に下ろした。

チェルシーはクインの機嫌をあてにしていなかった。彼については何も信じていなかった。床が足もとでうねるように感じるが、それはクインと体をくっつけていたせいだ。とすると、自分も信用できないことになる。クインがちょっとふれただけで、私の主義や決意はすべて煙のごとく消え去ってしまう。

チェルシーにできたのは、ただ彼の金色に輝く目を見つめ、それにとらえられ、不可解な暗い魔術のとりこになり、自分の弱さと、自分をこれほど激しく彼に引きつけるものと闘う気力のなさを軽蔑することだけだった。彼女の人生を、苦もなくぼろぼろにしたこの男に。

「あっちだよ」クインはハスキーな声で言ったが、チェルシーにはなんの意味もなさなかった。意識の表面をかすりもしなかったからだ。今はこの魅力ある忘れがたい顔以外のすべてが眼中になかった。クインはおもしろがっているような、理解できるというような低い声を出して、チェルシーの肩をつかみ、テムズ川に面して大きく開けた窓のほうにやさしく体を向けた。

チェルシーの力の抜けた手からまたビニール袋が落ちて、中身が床にこぼれた。だが今度は戸惑いはなかった。あるのは苦しみだけだ。それは冷酷な手に心臓をもぎ取られたような、猛烈な苦しみだった。

クインの手だ。彼は、私がどれだけ傷つくかわからないほど鈍感なのだろうか。それとも彼は、気にも留めないのだろうか。

開いた窓の向こうのバルコニーで、サンディが日光浴をしていた。長く形のいい脚をテーブルにのせ、愛らしい顔の半分を大きなサングラスでおおっている。「おまえに会わせたい人を連れてきたよ」クインが呼びかけると、赤毛の女性は長い脚を床に下ろし、立ち上がってサングラスを取ると、居間に入ってきた。

チェルシーはきびすを返して逃げ出したかったが、そんなことはしなかった。この出会いを威厳を持って切り抜けるつもりだった――もしそんなことができるなら……。

なぜクインがあれほどサンディの魅力に抵抗しがたいと考えるのか、チェルシーはよくわかった。軽く日焼けした肌は、どんなに健全な男の心も惑わすだろう。小さな黒いビキニで、その魅力は隠されているというより強調されている。チェルシーは少しのあいだ目をつぶり、こわばった顔をふつうに戻そうとした。なんとかしてこのつらい状況に対処しなければならない。

クインの手はまだ彼女の肩にかかっている。まるではるか遠くからのように、彼の声が聞こえてきた。「妹を紹介するよ、チェルシー。そろそろ君たちを正式に引き合わせなくてはと思ってたんだ」

「こんにちは」サンディはデリケートな鼻にしわを寄せた。「最初に会ったとき、私は半分眠っていて、あなたは怒ってたし。クインはチャリティー・パーティーで私たちを紹介するつもりだったらしいけど、あの日はあなたが消えちゃったしね。あなたと会いたくてたまらなかったのよ。あなたはうちの兄をおろおろさせた最初の女の人だもの。やったわね！」

「もういい！　邪魔にならないようにどこかに行ってろ。それからまともな服に着替えておけ」クインは親指で廊下を指さした。

「だって……」

「行けと言ったら行くんだ。おとなしくしてれば、チェルシーと僕で昼食に連れていってやる。それまでは部屋にいろ。そして僕の言ったことをよく考えるんだ。もし都合よく何もかも忘れてしまったとしても、僕が本気だったことだけは覚えてろ」

それを聞くとさすがにサンディはおおげさなため息をついて部屋を出ていった。

「いったい、あなたには〝妹〟が何人いるの？」チェルシーは喉にひっかかったような声できいた。

「二人だよ」クインはチェルシーを抱き寄せた。「その疑い深そうな顔はやめてくれ。まずエリカがいる。最近、子供を産んで家族を一人増やした。そして……」

「キャシーでしょ？」

「ああ、そうだ。赤毛の女の子で、呼び名はサンディだった。大きくなると彼女自身がその名前をいやがり、キャシーのほうがイメージに合うと言い出した。君との婚約劇を続ける理由をひねり出さなければならなかったとき、うるさくつきまとう女を追い払うためというアイデアを思いついた。そのときとっさにひらめいたのが、今は使われてないサンディという名前だったんだ。実際この一年、あいつにずっと悩まされてるんで、その名前がつい口から出たんだろうな」

「悩まされてるって？」チェルシーは声がひっくり返り、裏声になってしまった。すると、クインが自分の人生から追い出そうとあんなに躍起になっては失敗していた女は、彼の罪のない妹だったのだ。だけどそれは私がここに、彼の腕の中にいるべきではないという事実を変えはしない。彼はほんの一時間前に言ったではないか。一定の条件のもとで、君を昇進させると。

「そう、悩まされてるんだよ。僕の下の妹は外向的な元気者でね。楽しいご都合主義者というか……そんなものがあるとすればだが。母がパリにほぼ永住を決めて以来、ますます手がつけられなくなった。才能はあると思うんだが、突拍子もない行動や、つき合ってる仲間のせいで、演劇学校での立場が危なくなってきたんだ。僕はことあるごとに言って聞かせるんだが、妹は、僕をうまく言いくるめるのがうまくてね。みんながそれを知ってるし、不運なことに本人も知っている。チャリティー・パーティーの夜、キャシーは騒々しい仲間とともに現れて、僕に途方もない額の請求書の代金を払わせようとした」

許しがたいことに、クインの指がチェルシーのスーツのボタンをはずし始めた。

「だが、僕は妹のおねだりを許容する気分じゃなかった。僕の気持はほかのことに占領されていたからね」クインの手がブラウスのボタンにかかった。彼の気持が何に占領されていたかは疑う余地がなかった。クインは小さな抵抗のうめきを無視して続けた。「僕は妹に、これから僕の婚約指輪をはめた女性に紹介するから行儀よくしていろと言った。しかし、君はいなかった。脱走したあとだった。脱走は君の得意芸らしいな。僕は槍《やり》を刺された闘牛の牛よりもっとかんかんになったよ」彼の指がレースのブラに沿ってさまよう。チェルシーは喉につかえた自己嫌悪のかたまりをのみ込んだ。私は、彼に関することはなんにせよコントロールできない。最後は彼のベッドに行き、彼が飽きるまでそこにいるんだわ。そして彼に恋い焦がれ、自分を軽蔑して残りの生涯を過ごすのよ。わかっているんだから！

恥ずべきことに、涙が二粒こぼれ落ちた。チェルシーは弱い自分がうとましかった。胸がこんなに痛むのも情けなかった。クインの手が、クリスタルのような涙の粒を一つ一つていねいに拭《ぬぐ》い去る。

「君がさっき臆病者について演説をしただろう？　あのときやっと、すべての謎《なぞ》が解けたんだよ」クインの目に勝利の光が宿った。「君は断固として僕を近づけない……いや、ほとんど近づけない」許しがたいことに彼はにやりと笑った。「それは君が架空の女性の存在を信じているからだ。君はやきもちをやいていたんだよ！」

「どうしてあなたは、架空の女性をつくり出したりしたの？」チェルシーは彼が気を許したすきにボタンをはめ、後ろに下がってできるだけ距離を置いた。それが彼に対処する唯一の方法だったのだ。

クインは彼女が離れるにまかせた。完璧《かんぺき》にリラックスし、自信に満ちている。「僕は洞察力が鋭いんだ。君は非常に厳しい道徳規準を持っているから、僕らの〝婚約〟をそろそろやめにしようと言い出す可能性がおおいにあった。だけど僕はこの案が気に入ってた。婚約劇が長引けば長引くほどいいと思っていた。だから、架空のしつこい女をつくり上げたんだ。そうすれば君は良心のとがめもなく、ずっとこの芝居を続けていくだろうと思ったからね。僕は君を窮地から救ったんだから……」

「私も恩返しにあなたの役に立つ義務があるっていうの？」チェルシーはそんなふうに自分を操作したクインが憎らしかった。「そして、いそいそとあなたのベッドに行くと思ってたんでしょ！」

「そこまでは思ってなかったけどね」クインはチェルシーをそばのソファーに座らせた。自分も横に座り、彼女の顔を手ではさんでしばらく見つめていたが、やがて髪をまとめているピンを抜き始めた。「最初に見たときから、僕は君に惹かれていた。会社のパーティーでの君の申し出が、ダイナマイトでも仕掛けなければ壊れそうにないドアを開けてくれたんだ。男と名のつく者ならだれでもこんなチャンスを逃しはしないと思い、僕は状況をあらゆる面で利用しようとした」

「私を脅迫することね！」チェルシーはできるかぎりの嫌悪をこめて言った。自分から退社願を出してあらゆるチャンスをつぶしてしまったのだから、もう脅迫も意味はなさないけれど。

「君は本気でそんなことを信じちゃいなかっただろう?」クインはシルクのような髪を指にからませてはほどく動作を繰り返した。「あんなことは、ほんの強がりだとわかっていただろう? 僕が本気で脅しを実行に移すほど卑劣なやつだと信じていたのか?」

それはチェルシー自身、以前に考えたことで、クインがそんなことを彼女に対しても、ほかのだれに対しても、するはずがないという結論を出していた。チェルシーは目をそらしながらも正直に答えた。「信じてなかったと思うわ」

そのときドアの外から声がした。「私、おなかがすいたし、ちゃんとした服装をしたわ。入ってもいいかしら?」

クインはいら立たしげに低く悪態をつくと、しぶしぶ振り向いた。片手はチェルシーの手を握ったままだ。

「食事はとらせるよ。おまえが未来の義姉《ねえ》さんの前で、行儀よくふるまうのなら」

キャシーは喜びの声をあげた。彼女は短いスカートをはき、殊勝げなおばあさんが着るようなシャツに、腿までの長さのジャージのスパッツを組み合わせている。ずいぶん大胆な格好だ。チェルシーはといえば、〈ランガンズ〉でのおいしい昼食のあいだじゅう、その哀れな混乱した頭で、〝未来の義姉さん〟とはどういう意味か理解しようと四苦八苦していた。シャンパンカクテルも、頭をはっきりさせてはくれなかった。

顔と考えの両方をさっぱりさせようと入った化粧室で、チェルシーはキャシーと一緒になった。「あなたが、あのかわいそうな兄を不幸から救ってくれるんでしょ？　彼は世界で一番いい兄よ。ときどき妹をどなりつけるのが玉にきずだけどね。兄には傷ついてほしくないの」キャシーが言った。

「それで、あなたはお兄さんの言うことを聞いたの？」チェルシーは話題をそちらにそらそうとした。クインを不幸から救う話は、今このわけ知りな若い女性としたくなかったのだ。キャシーは真っ白な歯を見せて笑った。

「今回はそうするしかなかったわ。それに兄の言うことももっともだしね。私は時間の無駄をしていたの。兄に、経済的援助をすべて打ち切る、母さんにもそうするように言うから、甘えていってもだめだと釘《くぎ》を刺されたけど、言われなくてもわかっていたのよ。何かちゃんとした仕事を持つにはそろそろ落ち着いて、がむしゃらに働かなきゃならないって。だからそうするつもり」

クインのいわゆる〝不幸〟と、その治療法についての話題はうまくそらすことができたが、クインが妹をタクシーに乗せて彼女のアパートメントに帰し、別のタクシーを止めて自分たちのアパートメントに向かったとき、チェルシーは例によって膝から力が抜けていくのを感じた。

シャンパンカクテルの効果もなく、彼女は緊張に体をこわばらせていた。魅力に抵抗しがたいサンディの正体がわかったという以外、何も解決されていない。まだ頭の中はごちやごちゃだ。チェルシーは屠《と》殺《さつ》場に向かう子羊のようにおとなしくクインについてペントハウスへ向かった。

ドアが後ろで閉まるやいなや、クインはチェルシーのスーツの上着を脱がせ、自分もジャケットを脱ぎ、彼女をやさしくソファーに座らせて靴を脱がせた。彼の手がエロティックに足の甲を撫《な》でたとき、チェルシーは小さく息をのんだ。

クインは彼女の反応に満足したようにセクシーにほほ笑んだ。「君は二度と僕から逃げてはいけない。君がどこへ行こうと僕はついていく」クインはネクタイを取った。チェルシーの喉は渇き、心臓が高鳴ってきた。彼は私の服を脱がせようとしている。そのあとにどういうことが起こるか、弱くてばかな私にはわかっている。でも、それを止めることができない！

チェルシーは冷静になろうと最後の試みをした。いずれ絶望と孤独につながるような関係に流されてはいけない。「それ、どういう意味？」チェルシーはかすれ声できいた。

「言ったとおりの意味だよ」クインは彼女のブラウスのボタンをはずし、それを肩からすべり落とした。「もし君が望むなら、あの退社願を撤回して、部長のポストにつけばいい。あのときもう少しあそこにいれば、僕の条件というのが何かを話したんだけどね」

彼の目がブラのフロントホックに留まる。チェルシーは身震いした。クインを手伝って彼のシャツのボタンをはずし、服を脱がせたいという衝動と闘う。クインはチェルシーが何を考えているかわかっているかのように、じっと目を見つめた。

「前も言ったと思うけど、君はまっすぐな心を持っている。まっすぐすぎるぐらいだ。だから結論を急ぎ、それに固執する。目の前に真実がぶら下がっていてもだ」

「どんな真実?」彼女はかすれた声で言った。

「僕が君を愛しているという真実だ」クインは彼女の手に口づけをした。「あとで考えれば、初めて君を見たときからだったと思う。チャリティー・パーティーの晩、君がきっぱりと僕の愛人にはならないと宣言したとき、僕は初めて自分のほんとうの気持を知った。君に拒絶されて、アパートメントの部屋を出たときは、ほとんど君を憎んでたよ。パーティーの帰り、キャシーを僕の家に連れて帰っていたので、それから彼女に説教した。腰を落ち着けて働き、行動を慎まなければ、兄がほんとうに怒ったらどうなるかを思い知ることになるぞと厳しく言って聞かせた。長い説教が終わるころ、一つの考えが頭に忍び込んできた。心を静めてくれるような、すばらしい発見だった。僕は君を愛していて、君なしでは生きていけない。それがわかったんだよ。こんな言葉を二度と女性に言うことがあるとは思っていなかった。心から言って、その言葉どおりに生きることがあるとはね」

クインがチェルシーをやさしく腕に抱くと、彼女は決して離れるまいというように寄り添った。クインから愛の告白を聞けるなんて夢のようだ。

「僕の条件というのは、もう一回最初から君に求愛させてほしいということだけだった。

必要なだけゆっくり時間をかけて進もうと思ったんだ。君の結婚に対する反感も充分考慮に入れてね。しかし、君は僕から逃げ出した。話も聞こうとしなかった。君が、存在してもいない女性に対するジェラシーを見せたとき、僕は回り道をするのはよそうと決めた。君と離れていたこの二週間は地獄だったよ。だけど、事態を正すには時間をかけなければならないと思っていたんだ。最初のころ、僕の意図はあまり自慢できるものじゃなかった。結婚が優先事項でなかった点でね。だから、最初からもう一度やり直して、僕が君に生涯のパートナーになってもらいたいと願っていることを、わかってもらおうと思った。サー・レオナードには前からアプローチしてたんだよ。仕事に関しては、君が望むすべてをかなえてあげたかったからね。お返しに僕が求めたのは、もう一度君とやり直すことだけだった。今度は、君に僕を信頼してもらい、愛してもらうために」

「だって私はずっとあなたを愛していたのよ。今までも、この先も永遠に」チェルシーは告白した。大きな喜びがこみ上げてきて、息が苦しいほどだ。それに応《こた》えてクインの体にも強く震えが走るのを感じる。「そして私はそのあいだずっと、あなたに盾として利用されてるんだと思い込んでいた……」

「存在もしていない女性に対する盾としてね」

「でも、あなたは一つのことにとてもこだわっていたわ。私がお金目当てに結婚したんじゃないかと生涯悩みはしないでしょうね？　もし……」突然チェルシーはふたたび不安になった。クインはまだはっきりプロポーズしてくれていない。

「もし僕たちが結婚したら？　もちろん僕たちは結婚するんだよ。言っただろう、君はもう決して僕から逃げられないって。さっきも言ったけど、君が望むなら退社願を撤回してもいい。あるいは……これはこの二週間僕が思い描いてきた楽しい夢なんだが、モンクス・ノートンを永住の家に決めて、このペントハウスはロンドンに用事があるときだけ使う。そしてたくさんの子供を育てる。だけど、マイ・ダーリン、すべて君次第だよ。女性がみんな金目当てだと思い込んでいたのには理由があるんだ。でもほんとうは、ローナのことなんてとっくに忘れてるんだけどね。都合のいい言い訳に使っていただけだ。君に会うまで、人生をともに過ごそうと考える女性はいなかったから」

クインはたくみにホックをはずし、レースのブラを取り除いた。クインのもらしたうめきは、チェルシーの頭をおかしくしそうだったが、それでも彼女は持ちこたえた。「ローナのことを話して」

クインがなぜそんなに長いこと女性に対してシニカルな不信感を持っていたのか知りたかった。クインは目をそらし、しばらくしてから答えた。「僕は若かった。ローナは年上で、とても美しく、洗練されていた。勝ち目はなかったよ。僕らは婚約した。そのあと彼女は、ライダー・ジェムの経営状態が苦しいことを知った。思っていたような金山じゃないってね。だからローナは僕との婚約を破棄して、父親ほどの年齢の開きがあるおそろしく金持の男と結婚した。僕が猛烈に働いた理由の一つは、ライダー・ジェムの基盤を揺るぎないものにし、ローナに自分が捨てたものの価値を思い知らせたいという気持があったからだ。少なくとも、最初はね。でも、すぐにローナのことは関係なくなった。僕がライダー家代々の会社を立て直したのは、それがやってみずにいられないほど魅力あるチャレンジだったからだ。ローナと再会したとき、彼女は年上の夫に幻滅していると言った。そのときには、彼女はライダー・ジェムの成功を知っていたから、離婚して再婚してもいいと持ちかけた。僕はそんな彼女が嫌いになった。その日から、二度とローナのことは考えなくなったよ。たしかに、そのことでシニカルになったと言えるかもしれない。望みの女は、金にものを言わせて手に入れられると知ったからだ。望みの女なんて、そうはいなかったが……」

「ブロンド女性はどうなの？　コーヒーショップのメリルは、あなたが二人のブロンド女性を連れていたと言ってたわ。それと赤毛の人ね。それはサンディ……キャシーだとわかったけど」

「メリルは正しい情報を流してくれなきゃ困るな。二人のブロンド女性は僕の秘書だよ。二人とも幸せな奥さんたちだ。さて、こうやっていつまでもしゃべってなくちゃいけないのかい？　僕はほかのことを考えているんだよ……」それが何かはクインが黒い頭をうずく胸のほうに下げてきたときわかった。

そして時が――長い長い時が過ぎて、夜の霧がテムズ川から立ち上ってくるころ、チェルシーは大きなダブルベッドでクインに体をすり寄せ、力強い胸に手をすべらせていた。

「モンクス・ノートンと子供たちのことだけど……」言いかけて、チェルシーは小さな喜びの声をあげた。クインが寝返りを打って彼女の体を押さえ込み、唇を彼女の唇すれすれまで近づけたからだ。

「ほんとうに君はそれを望んでいるのかい、僕のいとしい人?」

チェルシーはうなずいた。あまりに幸せで、あまりに彼を愛していたから、ものが言えなかった。クインはやわらかなブルーの明かりの中で、いたずらっぽくほほ笑んだ。「それじゃ、二重にそれを確かめよう。いいだろう?」

「三重でもいいわ。四重でもいいわよ。でも、それじゃあ……」

「しいっ、静かに。僕がほかのことに忙しいのがわからないのかい?」

●本書は、1997年12月に小社より刊行された作品を文庫化したものです。

誘惑は蜜の味
2024年11月15日発行　第1刷

著　　者／ダイアナ・ハミルトン
訳　　者／三好陽子（みよし　ようこ）
発 行 人／鈴木幸辰
発 行 所／株式会社ハーパーコリンズ・ジャパン
東京都千代田区大手町 1-5-1
電話／04-2951-2000（注文）
0570-008091（読者サービス係）

印刷・製本／中央精版印刷株式会社

表紙写真／© Svyatoslava Vladzimirskaya | Dreamstime.com

ISBN978-4-596-71705-4

11月13日
発売

ハーレクイン・シリーズ 11月20日刊

ハーレクイン・ロマンス

愛の激しさを知る

愛なき夫と記憶なき妻　ジャッキー・アシェンデン／中野　恵 訳
〈億万長者と運命の花嫁 I〉

午前二時からのシンデレラ　ルーシー・キング／悠木美桜 訳
《純潔のシンデレラ》

億万長者の無垢な薔薇　メイシー・イエーツ／中　由美子 訳
《伝説の名作選》

天使と悪魔の結婚　ジャクリーン・バード／東　圭子 訳
《伝説の名作選》

ハーレクイン・イマージュ

ピュアな思いに満たされる

富豪と無垢と三つの宝物　キャット・キャントレル／堺谷ますみ 訳

愛されない花嫁　ケイト・ヒューイット／氏家真智子 訳
《至福の名作選》

ハーレクイン・マスターピース

世界に愛された作家たち
～永久不滅の銘作コレクション～

魅惑のドクター　ベティ・ニールズ／庭植奈穂子 訳
《ベティ・ニールズ・コレクション》

ハーレクイン・プレゼンツ作家シリーズ別冊

魅惑のテーマが光る極上セレクション

罠にかかったシンデレラ　サラ・モーガン／真咲理央 訳

ハーレクイン・スペシャル・アンソロジー

小さな愛のドラマを花束にして…

聖なる夜に願う恋　ベティ・ニールズ他／松本果蓮他 訳
《スター作家傑作選》